CARYL FÉREY

DIE GEWISSENLOSEN

CARYL FÉREY

DIE GEWISSENLOSEN

Roman

Aus dem Französischen
von Michaela Meßner

LIMES

Die französische Originalausgabe erschien 2007 unter dem Titel
»La jambe gauche de Joe Strummer« bei Gallimard, Paris.

Für dieses Buch wurde der Autor mit einem Stipendium des
Centre national du livre gefördert.

1. Auflage

Umschlaggestaltung: www.buerosued.de
Umschlagmotiv: plainpicture/BY
JB · Herstellung: sam
Satz: Vornehm Mediengestaltung GmbH, München
Druck und Bindung: GGP Media GmbH, Pößneck
Printed in Germany
ISBN 978-3-8090-2696-9

www.limes-verlag.de

»We are accidents
Waiting
Waiting to happen.«

T. YORKE

Meinem alten Bruder
Jacques Bouscatié,
und dem jungen JB,
beide überzeugte
Strummerianer.

Garageland

»**DAS MUSS DOCH** höllisch wehtun, oder?«

»Machen Sie einfach Ihren Job«, erwiderte Mc Cash.

In dem Raum roch es irgendwie nach Euthanasie.

»Schmerzmanagement gehört auch zu meiner Arbeit«, konterte der Arzt.

Mc Cash saß da, die geballten Fäuste auf dem Behandlungstisch, und ließ den Facharzt sein totes Auge untersuchen. Bonnier war sein Name. Der Erste auf den Gelben Seiten.

Der Arzt nahm einen kleinen Haftsauger, presste ihn auf die Prothese und nahm sie dann heraus. Der Geruch hatte ihn schon vorgewarnt, und die leere Augenhöhle bestätigte seine schlimmsten Befürchtungen.

Mc Cash verzog keine Miene. Dr. Bonnier war der erste Mensch in dreißig Jahren, der sich seine leere Augenhöhle ansah. Ein Gewehrkolben hatte ihm ein Auge ausgeschlagen. Seit dem Unfall war die rechte Körperseite für Mc Cash so etwas wie ein toter Winkel, aus dem jeden Augenblick Gefahr drohen konnte.

Damit niemand auf die Idee kam, sich auf diese Seite zu stellen, hatte der Ire sich zum Zeichen der Trauer eine schwarzlederne Augenklappe und eine Leichenbittermiene zugelegt.

Seine rechte Seite beschäftigte ihn geradezu zwanghaft.

Seine rechte Seite machte ihn aggressiv.

Seine rechte Seite juckte ihn, als wäre er hirnamputiert. Als wäre seine ganze Identität auf ein einziges Stück Leder geschrumpft.

Der Augenarzt verzog das Gesicht, somit konnte er an seiner Miene das Ausmaß des Schadens ermessen.

»Kein hübscher Anblick«, sagte er und rümpfte die Nase. »Wann haben Sie Ihre Prothese denn das letzte Mal reinigen lassen?«

»Noch nie«, antwortete Mc Cash.

»Hat man Ihnen nicht gesagt, dass sie alle zwei Jahre desinfiziert werden muss?«

»Wahrscheinlich hatte ich zu viel um die Ohren.«

»Oh! Und seit wann tragen Sie die Prothese?«

»Seit 78.«

»Seit 78? Sie wollen mir doch wohl nicht weismachen, dass Sie schon seit über einem Vierteljahrhundert ein und dieselbe Prothese tragen und sie in der Zeit nie sauber gemacht haben?«

»Eine Mülltonne macht man doch auch nicht sauber«, erwiderte Mc Cash.

Bonnier zwirbelte seinen grau melierten Schnurrbart.

»Hierbei handelt es sich ja auch nicht um eine Mülltonne, sondern um ein Glasauge. Warum haben Sie sich denn nie darum gekümmert?«

»Hab ich doch schon gesagt: Ich hatte anderes zu tun.«

»Na hören Sie mal!«, rief er aus, »wenn alle Patienten so denken würden wie Sie, dann wären die meisten Ärzte schon in die Bestattungsbranche übergelaufen!«

»Ha, ha!«

Mc Cash, dem überhaupt nicht zum Lachen zumute war, hielt still, während der Arzt seine leere Augenhöhle auswischte. Es tat wirklich höllisch weh.

»Ich weiß nicht, was Sie beruflich machen, aber davon abgesehen, dass eine Prothese alle zwei Jahre gereinigt werden muss, sollte man sie auch alle fünf oder sechs Jahre austauschen … Das ist mehr als fahrlässig von Ihnen, Mr. Cash. Jetzt hat sich Ihre Augenhöhle natürlich entzündet.«

»Geht mir am Arsch vorbei.«

»Sind Sie immer so charmant?«

»Mit Ärzten eher selten.«

»Dabei wollen wir Ihnen nur helfen.«

»Ich will einfach keine Schmerzen mehr haben.«

Mc Cash biss die Zähne zusammen, während der Arzt eine recht eklige Kompresse aus seinem Auge zog. Das war für den Einäugigen nicht die erste Schmerzattacke; sie waren von unterschiedlicher Dauer – fünf Minuten die heftigsten, zehn Stunden die längsten. Bei letzteren schloss er sich in seinem Schmerz ein, ließ die Jalousien runter, als könnten noch andere Dämonen in seinen

Schädel eindringen, und war alles vorbei, war er schlagkaputt, hatte nur noch Matsch im Kopf und fühlte sich schlimmer denn je zuvor.

Schließlich setzte der Spezialist Mc Cash das Glasauge wieder ein.

Im ersten Moment fühlte sich das irgendwie kühl an.

»So«, sagte Bonnier mit einem Seufzer, »hiermit hätten wir das schlimmste Übel behoben. Ich brauche Ihnen wohl nicht zu erklären, dass Sie sich so schnell wie möglich eine neue Prothese machen lassen sollten. Ich gebe Ihnen eine Überweisung zu einem Augenprothetiker mit. Der wird für die neue Augenprothese einen Abdruck von Ihrer Augenhöhle machen. Das Ganze ist völlig schmerzlos«, fügte er hinzu, als ob das etwas ändern würde. »Lassen Sie sich von meiner Sekretärin die Adresse geben, ehe Sie gehen ... Jetzt schauen wir uns mal das andere Auge an ...«

Er vertiefte sich in die grüne Iris des Iren, der noch immer verkrampft am Behandlungstisch saß, richtete sich unverzüglich wieder auf und zwirbelte seinen Schnurrbart, als könnte das für die Diagnose hilfreich sein.

Bonnier schenkte ihm reinen Wein ein: Die Krankheit sei weiter fortgeschritten, Mc Cash habe bereits weitere drei Zehntel von den neun Zehnteln Sehkraft, die ihm noch verblieben waren, verloren, die Linse könne er vergessen, nebenbei gesagt tauge die auch nicht mehr viel (»Reinigen Sie die eigentlich auch manchmal?«), stattdessen solle er sich doch besser eine Brille anschaffen … Und zwar keine von den schicken kleinen aus edlem Wurzelnuss-Finish, diskrete Eleganz für Pariser Intellektuelle, nein: waschechte Butzenscheiben, das Krankenkassenmodell mit der Seriennummer hintendrauf!

»Aber wenn Sie so weitermachen«, lautete das Fazit des Augenarztes, »werden Sie schon bald erblinden, und zwar ganz …«

Mc Cash zuckte zusammen, sagte aber kein Wort. Er steckte die Augenklappe ein, rotzte seine Unterschrift auf den Scheck und warf den Wisch auf den Schreibtisch, bevor er den Raum ohne ein Dankeschön verließ. Zu einem Auf Wiedersehen konnte er sich gerade noch herablassen. Die Sekretärin vor dem Wartezimmer, die ihn freudig anstrahlte, würdigte er aber kaum eines Blickes: Sie war platt wie eine Flunder, und wie sie so strammstand, sah sie aus wie ein englischer Soldat vor seinem Wachhäuschen.

Mc Cash würde keinen Termin vereinbaren. Und auswechseln würde er auch nichts. Nicht die Prothese, und schon gar nicht die Kontaktlinse. Lieber wollte er auf der Stelle sterben: sich behandeln lassen – wozu denn das?! Um dann nackt zu sein, ohne seine Augenklappe, eine Brille quer überm Gesicht, wie einen Fernsehbildschirm?

Mc Cash ging zu Fuß nach Hause. Sein Herz ein Backstein, im freien Fall in einen tiefen Brunnen. Die verlockende Kraft des Abgrunds.

Career opportunities

WENN MAN DIE Zeit, in der man lebt, verachtet, heißt das noch lange nicht, dass man die Einsamkeit liebt. Mc Cash lebte allein im letzten Stock eines Wohnblocks mit Blick auf die Bucht von Brest, wie ein Toter gefangen in seinem Kopf. Mit seinen mittlerweile einundfünfzig Jahren hatte er keinen Vornamen und keine Frau mehr. Angélique hatte sich verabschiedet wie die anderen auch. Durch die vielen Umzüge hatte Mc Cash seine Freunde verloren, all seine alten Kameraden mit den verlorenen Illusionen. Die IRA hatte offiziell die Waffen niedergelegt, die Kollegen gingen ihm gehörig auf den Sack, seine letzte Geliebte hatte ihm per SMS mitgeteilt, sie werde einen anderen heiraten, und Joe Strummer war soeben erst gestorben, hatte ihn zurückgelassen als Waisenkind einer Zeit, die sich, ganz wie seine Ex-Frau, jeden Tag ein Stückchen mehr verabschiedete.

Dabei hatte Mc Cash auf seine Art Format. Die Frauen waren verrückt nach seinem schönen Wolfsgesicht, verzehrten sich nach seinen großen Armen, viel zu groß für das bisschen Liebe, das sie zu verschenken hatten, nach seinem Winnetoulächeln, mit dem er ihnen in den Schluchten des Grand Canyon den Skalp zweier Liebesworte hinstreckte; sie sahen den wiegenden Gang, die Kraft eines erschöpften Titanen und die großen, erstaunlich sanften Hände – und schon warfen sie sich ihm zu Füßen und nannten ihn einen göttlichen Hurensohn.

Das alles hatte Angélique nicht davon abgehalten, sich aus dem Staub zu machen. Fünfzehn Jahre war das nun schon her. Noch dazu mit einem dahergelaufenen Dentisten, einem Zahnausreißer oder Verkäufer, was auch immer, eben mit einem, der ihr eine verheißungsvolle Zukunft bieten konnte. Denn seine Zukunft war aussichtslos.

Wie sein Auge.

Wie die Bucht von Brest, die sich, durch das Fenster seiner Wohnung betrachtet, im fernen Nebel verlor.

Mc Cash zündete sich eine Zigarette an, aber sie schmeckte auch nicht besser als die anderen. Unten sah man den Handelshafen mit den untätigen Kränen und den Dockarbeitern, die ihren Ausschluss aus der Gesellschaft in Bars begossen, in denen das Bier noch immer weniger als zwei Euro kostete. Hier brachte man sich billig um die Ecke. Das war der Vorteil eines Lebens in der Provinz.

Mc Cash war in Brest gelandet, als wäre es der Schlusspunkt einer aberwitzigen Flucht ans Meer, hin zu einem unerreichbaren Wilden Westen. Nach Paris und Créteil schließlich Rennes und jetzt das Ende der

Welt, das Finstère, denn es bestand vor allem aus der Rue de Siam, der Nachbarschaft im Viertel Recouvrance und ein paar gemeinsamen Bierchen mit Bloas, dem Maler, einem der seltenen Fänge seiner nächtlichen Kneipentouren. Bis zur Halbinsel Crozon-Morgat war es keine Stunde mit dem Auto, einmal war Mc Cash hingefahren, aber seither nie mehr – die ganze Schönheit dort machte ihn depressiv.

Der Ire saß auf dem Sofa im Salon und starrte in den schwarzen Lauf des .38er, der zwischen Kippen und unverpackten Kondomen auf dem Tisch lag. Bald würde er blind sein; noch ein paar Monate, hatte der Arzt gesagt ... Er, der Entscheidungen immer erst dann traf, wenn es keinen Ausweg mehr gab, stand jetzt wieder mit dem Rücken zur Wand, ein Gefangener seiner eigenen Vernichtungspolitik.

Vom Genießen als Überlebensmotto war ihm letztendlich nur der Nihilismus geblieben. Ein leichter Druck auf den Abzug, eine letzte Anstrengung, mehr nicht, und schon wäre alles vorbei. Was würde er hinterlassen? Eine Frau, die ihn verlassen hatte, eine Welt voller Autoverkäufer, voller Verbrecher mit weißem Kragen, denen im schlimmsten Fall eine Bewährungsstrafe drohte, lauter politische Karrieren, die den Befehlen der reaktionären Gegenoffensive gehorchten, außerdem zahlreiche vergessene Frauen und seine alten Rockplatten ...

Der Seewind rüttelte an den verdreckten Fenstern der Wohnung. Mc Cash nahm die geladene Dienstwaffe in die Hand und richtete sie, ohne weiter nachzudenken, auf sein totes Auge. Alles kam wieder in ihm hoch: Belfast 1978, das Solidaritätskonzert für die Opfer des Bloody Sunday, bei dem die britische Armee das Feuer auf die Demonstranten eröffnet hatte, die Band The Clash, die das Feuer seiner Jugend entfachte, Mc Cash, der dabei nachhalf, dass die Flammen auf die Verwaltungsgebäude übergriffen, Strummer, der die Bretter auf der Bühne massakrierte, indem er mit seinem linken Bein wie eine Furie auf den Boden stampfte, als wollte er die Erde aufwecken und mit ihr die Männer, die darauf standen, die Schlägereien nach White Riot, die Intervention der Besatzungsarmee, die wilden Verfolgungsjagden in den Straßen, der verrauchte Pub, in den er mit klopfendem Herzen geflüchtet war, die Rothaarige mit den goldenen Augen, die ihn dorthin gelockt hatte, zwei oder drei Kontaktleute, die er in der dichten Menge wiedererkannt hatte, das Gelächter, mit dem man versucht hatte, die Angst zu überspielen, und schon ging der Abend mit ein paar Whiskys auf das Wohl des guten alten Joe weiter, »seinen Freund, seinen Bruder«, die Rockerseele einer Epoche, in der die Utopie sich nicht darauf beschränkte, die nächste Umweltkatastrophe oder Wirtschaftskrise zu überleben. So viele Bierchen wurden auf das Wohl der irischen Republik gekippt, und plötzlich hört man Türen knallen, Soldaten inspizieren den Ort, alle sind wie vor den Kopf geschlagen, haben Angst. Man hört Geschrei, Gläser zerbrechen, einige versuchen zu entkommen, einige leisten Widerstand, einige, wie er selbst, werfen sich ins Getümmel. Es hagelt Schläge, ein behelmter Blondschopf liegt zu seinen Füßen, mit blutenden Fäusten versucht er den strategischen Rückzug zum Ausgang anzutreten, dann aus dem Nichts der Schlag mit dem Gewehrblatt, der ihm die Retina zu Brei schlägt und ihn bewusstlos zurücklässt, mit gebrochenem Augenbrauenbogen, das Auge nur noch gehalten von blutigen Tränen … Die Operation, der Prozess, seine Ausweisung nach der Ermordung von Lord Mountbatten, die Ankunft in Frankreich, das Jurastudium, das er beginnt, um andere politische Flüchtlinge verteidigen zu können, die Agonie des Bobby Sand unter dem ungerührten Blick der Eisernen Lady, und dann diese Doktorandin mit den gletscherblauen Augen, deren Blick ihm durch und durch geht, Angélique, für die er alles zu tun bereit ist, angefangen damit, sich bei der Polizei einstellen zu lassen …

Ein starker Luftzug vom Meer brachte das Küchenfenster zum Klappern. Als wollte sie in den Aufruhr einstimmen, schrillte die Klingel an der Eingangstür.

Mc Cash fluchte in seiner Muttersprache – gewöhnlich verirrte sich niemand in seine Höhle – und stand auf, mit der frisch geweckten Lust, die ganze Welt dem Erdboden gleichzumachen.

Als die Klingel beharrlich weiterschrillte, riss er buchstäblich die Eingangstür heraus, sodass sie gegen die Wand krachte.

Der Postbote wich unwillkürlich zurück. Vor ihm stand ein einsachtundachtzig Meter großer Einäugiger, der ihn mit einem Revolver in der Hand blutrünstig anstarrte.

»Ich … Ich hab da ein Einschreiben für Sie«, stammelte er.

Dabei sah er fast so bescheuert drein wie der Schnulzensänger Michel Sardou.

*

MC CASH HATTE sie nur noch ungefähr im Gedächtnis: Carole hieß sie mit Vornamen.

Ansonsten erinnerte er sich nur an eine Reihe wirrer Nächte, an zirkusreife Verrenkungen im Bett, die nicht ohne Lust, aber ohne Liebe waren, und bei denen der Adrenalinspiegel so schnell wieder in den Keller ging, wie er zu Beginn in die Höhe geschossen war, offen für alles.

Carole war damals Barmädchen in einer der zahlreichen Kneipen im Stadtzentrum von Rennes. Sie trafen sich nach Geschäftsschluss, um der grauen Realität ein wenig Leben einzuhauchen, und vergaßen einander einvernehmlich, sobald der Orgasmus und das Morgengrauen gekommen waren. Mc Cash war damals vierzig und setzte seine Polizeikarriere nach seiner Scheidung mit beharrlicher Gründlichkeit in den Sand. Ihre Liebesaffäre währte, bis sie einander überdrüssig waren – das Barmädchen verschwand, ohne weitere

Spuren zu hinterlassen, abgesehen von dem Abdruck ihres Hinterns auf diversen Kühlerhauben. Doch jetzt, zehn Jahre später, kehrte Carole zurück, und zwar in Form eines Briefes, dem Tor der Vergessenen, einem Einschreiben ohne Rückschein …

Warum heute? Warum gerade in diesem Augenblick? Mc Cash hatte den Brief ein zweites Mal gelesen:

Hallo Inspektor,
Du wirst dich nicht mehr an mich erinnern: Rennes, Carole, das Barmädchen aus dem Chien Jaune. Wir haben ein paarmal miteinander geschlafen, 1997. Und dann haben wir uns nicht mehr gesehen. Ich hab damals ein Kind bekommen, ein Mädchen. Es ist von Dir und heißt Alice.
Die Kleine hätte einen Vater wie Dich gut gebrauchen können, aber Du warst ja zu nichts bereit – das ist so Deine Art, wenn ich mich recht entsinne … Ich habe Alice erzählt, Du seist bei einem Autounfall ums Leben gekommen, kurz nach ihrer Geburt, als wir schon getrennt waren. Ich bin mir sicher, dass Du das verstehst, Du hättest an meiner Stelle genauso gehandelt.
Nur ist es jetzt so: Ich bin krank. Und wenn man dem Krebsspezialisten, der mich behandelt, Glauben schenken darf, habe ich nur noch ein paar Wochen zu leben. Dieser Brief ist also mein Testament. Was Du von mir hältst, ist mir egal, aber um Alice mache ich mir schreckliche Sorgen … Zurzeit habe ich sie

in einer Pflegefamilie untergebracht, doch das ist nur vorübergehend, die einzige Lösung wäre ein Heim. Die Vorstellung, sie dieser grausamen Welt auszusetzen, ist mir unerträglich. Alice hat nur noch Dich. Sie ist neun Jahre alt und sieht Dir ähnlich. Auf ihre Art ist sie ein recht außergewöhnliches Mädchen.
Ich vertraue sie Dir an. Kümmere Dich um sie. Bei Maître Pinson, dem Notar in Montauban, liegt Post für Dich, in der ich Deine Vaterschaft erkläre, zusammen mit einer Akte, die eine DNA-Analyse ermöglicht. Die Analysen werden ausreichen, um das Sorgerecht zu legalisieren.
Lass sie nicht im Stich. Ich flehe Dich an.
CAROLE

P. S. Alice ist gerade in die erste Klasse gekommen. Sie wohnt jetzt bei M. und Mme de Plabennec, ihrer Pflegefamilie in Montfort-sur-Meu, einer Kleinstadt bei Rennes. Sie sind nicht sehr reich, aber sie haben das Herz am rechten Fleck. Daher glaube ich, es geht ihr gar nicht so schlecht bei ihnen … Ich lege Dir ein Foto bei, es wurde letzten Sommer in Hoëdic aufgenommen …

Dieses Miststück!

Mc Cash hatte Angélique, seiner eigenen Frau, ihren Kinderwunsch nicht erfüllt und immer behauptet, er wolle keine Kinder, und jetzt hatte er eines mit dieser dahergelaufenen Schlampe, nur weil sie miteinander gepimpert hatten! Es stimmte zwar, dass er mit jeder ins Bett stieg, aber Carole hatte ihn heimtückisch hintergangen, und zwar nach Strich und Faden!

Mc Cash zerknüllte den Brief, knautschte ihn mit seinen übergroßen Händen, quetschte ihn mit aller Kraft zu einem Knäuel, anschließend schmetterte er den Wisch in den Papierkorb.

Der Gedanke an schwarze Revolverläufe war restlos aus seinem Kopf verschwunden, stattdessen wankte er jetzt, weil er so wütend und verwirrt war. Dass sie ihm das angetan hatte, einem Mann, der drauf und dran war, bei lebendigem Leibe zu verfaulen!

Als sie wusste, dass der Tod ihr gewiss war, hatte Carole ihn um Hilfe gebeten, ausgerechnet ihn, den schrägsten Vogel unter ihren Liebhabern, den, der für diesen Job am allerwenigsten geeignet war, und jetzt sollte er ihre Tochter retten!

»*Ihre* Tochter, wohlgemerkt«, brummte er, mehr tot als lebendig.

Er sank wieder aufs Sofa zurück, hing einen Moment seinen Gedanken nach, die schwarz waren und heiß wie der Teer in seiner Lunge ... Durch das große Fenster im Wohnzimmer sah man die Bucht von Brest in der nebeldampfenden Gischt liegen.

Vor lauter Wut stand er auf, fischte den Brief wieder aus dem Müll und entfaltete ihn.

Er war vor drei Monaten geschrieben worden. Mittlerweile dürfte sie gestorben sein ... Da bemerkte er das Foto in dem Umschlag. Es hatte etwas gelitten durch das Zerknüllen und den feuchten Kaffeefilter, aber in der Mitte erkannte man ein Mädchen im Badeanzug, das auf einem Felsen stand und in die Kamera lächelte …

*

»WAS IST DENN in Sie gefahren, Mc Cash?«

»Nichts. Ich hab einfach die Schnauze voll.«

Die Oberkommissarin sah dem Leutnant fest in sein einziges Auge, doch außer den Smaragdkörnchen, die darin schwammen, sah sie nichts als Leere.

»So kurz vor der Rente die Kündigung einzureichen«, sprach sie weiter, »das ist einfach völlig bescheuert!«

»Besser spät als nie.«

Mc Cash, der keine Lust mehr hatte, sich zu rechtfertigen, lächelte, als sei das die alltäglichste Sache der Welt.

»Jetzt stellen Sie sich nicht dümmer, als Sie sind«, regte seine Vorgesetzte sich auf. »Warten Sie wenigstens die vier restlichen Jahre noch ab.«

»Keine Zeit mehr.«

»Haben Sie es eilig?«

»Ja.«

»Das ist doch kein Grund, einfach so das Handtuch zu werfen«, regte seine Vorgesetzte sich auf. »Sie könnten in den Vorruhestand gehen, haben Sie daran schon mal gedacht?«

»Das Denken habe ich schon vor einer ganzen Weile aufgegeben.«

»Zu Unrecht: Es hilft.«

»Pfff.«

Der Ire rückte die Augenbinde zurecht, die ihm quer übers Gesicht lief, und wischte die Träne fort, die ihm aus der Prothese lief. Eine gelbliche Träne. Das Säubern durch den Augenarzt hatte auch nicht viel gebracht …

»Sie sind schon ein arger Dickschädel!«, sagte sie, an ihrem Schreibtisch sitzend. »Sagen Sie mir lieber, was mit Ihnen los ist.«

»Ich habe Ihnen nichts zu sagen.«

»Das würde Ihnen guttun.«

»Aber Ihnen nicht.«

»Wie meinen Sie das?«

»Dass Sie mich nicht retten können.«

Enttäuscht verzog die Frau das Gesicht.

»Steht es so schlimm um Sie?«

»Noch schlimmer«, spottete Mc Cash.

»Na dann«, seufzte sie, »würde ich nicht gern mit Ihnen tauschen.«

»Ich auch nicht.«

Sein Lächeln widerte sie an.

Die Kommissarin konnte Mc Cash gut leiden, obwohl er sich eigentlich immer zu sehr gehen ließ. Ein Sturkopf, wie es heute kaum noch welche gab, aber ein Polizist von unbestreitbarer Effizienz. Wenn er nur die Hände vom Cannabis lassen und keine Abstecher mehr in die Bars am Hafen unternehmen würde, wo es sogar den Hafenarbeitern die Sprache verschlug, sobald er sich blicken ließ … Verdorben war er, aber unglaublich verführerisch …

»Hören Sie doch auf mit dem Theater, Mc Cash. Was ist los? Hat eine Frau Ihnen den Kopf verdreht?«

»Oha!«

»Was dann?«, fragte sie gereizt.

»Hören Sie, ich bin hier, weil ich Ihnen meine Kündigung geben wollte, nicht, um mich aufs Sofa zu legen«, sagte er und betrachtete ihre hübschen Sommersprossen. »Es sei denn, Sie legen sich dazu …«

Es war dem Iren nie gelungen, mit seiner Vorgesetzten zu schlafen. Am Ende ärgerte ihn das. Und sie auch.

»Scheren Sie sich zum Teufel«, sagte sie.

Mc Cash lachte hämisch, doch dieses Epitaph aus ihrem Mund hinterließ einen erdigen Nachgeschmack.

Police on my back

EIN PÄCKCHEN AFRIKANISCHES Gras, ein Kulturbeutel, Kaugummi mit Chlorophyllgeschmack, drei Schachteln Morphinsulfat, zwei Bleistifte, ein paar alte Platten, ein aus dem Kommissariat entwendeter, unregistrierter Revolver Kaliber .38 Spezial, ein paar Klamotten – Mc Cashs ganzes Leben passte in eine Tasche.

Durch das Fenster im Wohnzimmer sah man, wie die teerschwarze Bucht die Kräne im Hafen und die gespenstisch kleinen Arbeiter verschluckte. Mc Cash ließ alles stehen und liegen, schloss die Wohnungstür mit einem Knall und ging hinunter zur Concierge im Erdgeschoss.

»Sie wollen verreisen?«

»Nein, ich ziehe aus. Hier, die Schlüssel. Und sagen Sie den Arschlöchern von der Hausverwaltung, sie könnten mich mal mit ihren Kündigungsfristen.«

Er überquerte den nassen Parkplatz, warf die halbleere Tasche auf den Rücksitz des BMW und verließ Brest genauso wie die anderen Städte auch: ohne große Hoffnung, aber auch ohne großes Bedauern.

Seine Illusionen hatten sich vom Acker gemacht, ohne Ziel. Das gelobte Nichts – ab jetzt bitte ohne ihn. Bei der Geschwindigkeit, mit der sein Sehvermögen schwand, blieben ihm nur noch ein paar Monate. Vielleicht würde sein Todeskampf dem von Carole ähneln, aber er würde niemandem mehr einen Brief schreiben können: Seine alte Mutter war zwei Monate nach seinem Vater aus dem Leben geschieden, und der Rest der Familie war – wenn nicht bereits verstorben – alkoholabhängig oder katholisch, manchmal auch beides zusammen. Er konnte auf niemanden bauen, das war so gewiss wie die Tatsache, dass auch niemand jemals auf ihn bauen könnte.

Mc Cash fuhr auf der Vierspurigen von Morlaix, einen Joint zwischen den Lippen, und folgte den Lichtbahnen der Autos, die vor ihm durch den Regen flitzten.

What the hell is wrong with you
Go to do things you are supposed to do
What's my name?
What's my name!

Strummer schrie sich aus dem CD-Spieler seines BMW, der auch so langsam in die Jahre kam, vergeblich die Seele aus dem Leib. Der Ire klebte auf der zähen Melasse der Zentral-Bretagne fest und schlug kaum den Takt mit. Als das Cannabis zu wirken begann, stellte er sich vor, wie er Angélique einen testamentarischen Brief hinterließ, einen Brief, in dem er ihr sagte, wie leid es ihm tue, nicht noch einmal mit ihr schlafen zu können, einen anderen, in dem er ihr schrieb, wie froh er sei, dass er weit weg von ihr ins Gras beißen würde usw. Gleich neben der Brücke von Morlaix aß er eine Crêpe mit Schinken, Käse und Ei und sah den Zügen gelassen beim Vorbeifahren zu.

Einen Fabrik-Calvados später stieg er wieder in seine altersschwache Karre.

Eine Lichtung schnitt das Grau in zwei Teile. Einen Schlussstrich ziehen. Wie einfach die Dinge letzten Endes waren und wie kompliziert die Beweggründe … Als ein Lastwagen ihn überholte und bei diesem Manöver einen ganzen Schwall schmutziger Brühe auf die Scheibenwischer kotzte, fiel Mc Cash überhaupt erst auf, dass er auf der rechten Spur herumzuckelte. Er war gerade an Saint-Brieuc vorbeigefahren. Dann sah er rechts die Ausfahrt: Montfort-sur-Meu … Was für ein Name!

*

LE COSEC WAR das ehemals moderne Gebäude, das als Sporthalle diente. Die Gesamtschule lag auf der anderen Straßenseite, hinter hohen Tannenhecken, welche die um diese Jahreszeit verwaist daliegenden Tennisplätze vor dem Wind schützten.

Mc Cash hatte sich diesen Umstand zunutze gemacht und sich zwischen die Nadelbäume gezwängt. Es war Samstagnachmittag: Wenn er die Zweige beiseiteschob, konnte er die Schüler aus der Schule kommen sehen. Sie kamen in Wellen aus dem Gebäude, trugen alle, oder fast alle, einen Trainingsanzug und strotzten nur so vor Hormonen, was die meisten zu Volldeppen mutieren ließ. Mc Cash hockte zwischen den Nadelbäumen und beobachtete sie, das Foto des Mädchens in der Hand – das, auf dem sie im Badeanzug posierte –, und fragte sich, ob er sie unter dieser Schar aufgedrehter Schüler wiedererkennen würde.

Eine Horde größerer Jungs, lauter ausgemachte Hohlköpfe, liefen über den Gehsteig, grölten lauthals und rissen einander die Mützen vom Kopf, während die Mädchen in einer dichten Traube an ihnen vorbeiliefen, vermeintlich taub gegenüber ihren Affenpossen. Aus der Fahrradgarage hörte man das Auspuffknallen der Motorroller, einige legten einen Hinterradstart hin, dabei verlor einer der Jungs die Kontrolle über sein Gefährt und wäre um ein Haar über das Gesicht seines Kumpels gefahren, was eine Lachsalve auslöste … Als er sie endlich entdeckte, ging ein kaum spürbarer Nieselregen nieder. Sie war höchstens einen Meter vierzig groß, trug einen blassblauen Anorak und einen Ranzen auf dem Rücken. Im Vergleich zu den hochgeschossenen Kerlen, die vor dem Gitterzaun entlangparadierten, wirkte sie winzig, aber ihr Haar war genau wie auf dem Foto, hellbraun, es fiel ihr bis auf die Schultern, sie war zierlich, hatte zwei Augen – und damit keinerlei Ähnlichkeit mit ihm selbst.

Er bewegte sich in der Hocke einen Schritt auf sie zu, dann wich er zurück, weil die Aufsicht kam. Eine andere Schülerin begrüßte sie und rief sie beim Namen. »Alice« … Es gab sie also wirklich.

Mc Cash seufzte, Pinienduft in der Nase: Caroles Tochter war etwa zwanzig Meter von ihm entfernt auf der anderen Straßenseite und sprach mit einer Freundin … Es fühlte sich eigentlich gar nicht besonders an. Er beobachtete sie aus der Ferne, was blieb ihm auch anderes übrig. Wie ein Fotojäger für Tierdokus.

Die Jungs machten weiter mit ihren Rempeleien, die Stimmung war aufgekratzt, weil der Nachmittag schulfrei war. Ein schmalbrüstiges Kerlchen in Tacchini-Klamotten schleuderte sein Bein durch die Luft und zielte auf ein Verkehrsschild: Angefeuert von den Kommentaren seiner Kumpel, verfehlte sein Karatetritt das Ziel und traf Alice, die gerade vorbeiging, mit dem Schuh mitten ins Gesicht.

Ihre Freundin stieß einen entsetzten Schrei aus:

»Damien! Spinnst du jetzt oder was?!«

Der kleine Gauner war ein Angsthase und setzte die übliche Unschuldsmiene auf.

»Oh! Das war keine Absicht!«

Alice rieb sich die Wange und warf ihm, in Ermangelung einer Waffe, tödliche Blicke zu.

»Wie wär's mit 'ner Entschuldigung!«

»Lass gut sein! Ich hab's ja nicht absichtlich gemacht!«

Der Junge war einen Kopf größer als sie und schien nicht sehr scharf drauf, sein Gesicht zu verlieren: Er zuckte mit den Schultern, als wäre das Antwort genug.

Mc Cash, der in der Tannenhecke auf der anderen Straßenseite festhockte, hätte ihn sehr gerne »ganz unabsichtlich« einen Kopf kürzer gemacht, als ihn etwas am Hintern berührte.

Da er wie viele Männer ein eher schwieriges Verhältnis zu Berührungen am Anus hatte, fuhr der Einäugige mit der Rage der Empörung herum, eher stinkwütend als beschämt, die Haare bedeckt mit einer duftend-grünen Nadelschicht: Vor ihm saß ein Hund auf seinen vier Pfoten und sah ihn mit einem irgendwie begehrlichen Glühen in den Augen an, was nur die schlechte Kinderstube eines halsbandlosen Straßenköters verriet.

Die Beinchen, auf denen das Tier stand, waren nur noch Stöckchen, das schwarze Fell abgewetzt bis auf die Haut, die Lefzen weiß, und in den Augen hatte es Krusten wie getrocknete Tränen. Mc Cash war zwischen Traurigkeit und Mitleid hin und her gerissen und brauchte einen Moment, bis er wieder ganz bei Sinnen war – dann trat er ihm mit dem Fuß ins Gesicht.

Winselnd wich der alte Hund zurück und wäre, halb blind, wie er war, beinahe in den Zaun des verlassenen Tennisplatzes gerannt ... Der Ire bog die Tannenzweige auseinander, kroch wieder durchs Geäst – und fluchte in seiner Muttersprache: Alice war verschwunden.

*

ZWISCHEN PLEUMELEUC UND La Chapelle-Thouarau lag Montfort-sur-Meu, Kantonshauptstadt im Herzen von l'Ille-et-Vilaine, und der im Ortsnamen genannte Fluss, der Meu, floss mittendurch. In Siedlungen aus Einfamilienhäuschen wohnten Familien der Mittelschicht, von denen die meisten in Rennes beschäftigt waren.

Mc Cash blieb nicht lange im Hôtel des Voyageurs, einem Zwei-Sterne-Hotel, in dem schon seit Urzeiten kein Star mehr genächtigt hatte. Über eine Annonce im *Ouest France* fand er eine Bruchbude am Ufer eines Baches, ein alleinstehendes Haus in der Nähe des alten Waschhauses, das man in möbliertem Zustand und ziemlich überteuert mieten konnte.

Falls man auf den Stil von sterbenden Omis stand, war die Inneneinrichtung perfekt, und der Garten mit seinem verkrüppelten Birnbaum, seinem von Efeu überrankten, versiegten Brunnen und dem eingefallenen Gartenzaun beherbergte sogar alle möglichen Vogelarten, die den Ort offenbar schon vor Jahren besetzt hatten, denn sie machten ziemlich Krawall. Lindenbäume streckten ihre Zweige auf den benachbarten Weg. Etwas weiter begann der Wald.

Mit Ausnahme von ein paar Joggern und vereinzelten Spaziergängern kam hier nie jemand vorbei. Unweit gab es eine Mülldeponie, und die Alte, die dort hauste, schlug sogar die Jäger in die Flucht. Umso besser, denn Mc Cash war hierhergekommen, um sich von der Welt zurückzuziehen, sich zu vergewissern, dass dieses Mädchen namens Alice ganz normal war, dass sie den Tod ihrer Mutter einigermaßen gut verkraftet hatte, dass es ihr in ihrer neuen Familie an nichts fehlte, und vor allem: dass er selbst überflüssig war.

Dieses Mädchen war nicht seine Tochter. Nicht einmal sein Fehltritt war sie.

Und dann, was sollte er ihr denn schon sagen? Dass ihre Mutter ihn nach Strich und Faden betrogen hatte? Dass er ihr Papachen war, auferstanden von den Toten? Dieser Mann mit dem verfaulten Auge, dieser Ex-Bulle, der seine Karriere genauso in den Sand gesetzt hatte wie den Rest und der noch dazu geradewegs auf sein Grab zusteuerte?

Mc Cash blieb drei Tage lang im Haus. Er hatte sein Gras und sein Kaminfeuer und verließ diese Höhle nur, um Feuerholz zu sammeln und stumm alles herauszubrüllen, was er sich nicht eingestehen mochte. Das war sein einziger Spaziergang. Seit seinem Hamsterkauf im Supermarkt um die Ecke quoll der Kühlschrank förmlich über: Er würde der Belagerung standhalten können. Wer oder was ihn belagerte, diese Frage stand auf einem anderen Blatt …

I dreamed as I slept
I could see the campfires
A song of the battle, that was born in the flames,
And the rebels were waltzing on air …

Durch die Sprossenfenster sah man den Winter kommen. Die Novemberregen, die hier bis in den Dezember andauern, konnten einem das Landleben gründlich vermiesen.

Mc Cash zündete sich den x-ten Joint an und blies lange, bittere Rauchspiralen unter das spinnennetzartige Gebälk des eisigen Wohnzimmers. Er hatte zwar in jüngster Zeit keine Anfälle mehr gehabt, begann sich aber zu fragen, was er in diesem gottverlassenen Kaff verloren hatte und ob es nicht besser gewesen wäre, seine letzten Dollars in Las Vegas auf den Kopf zu hauen, mit Nutten und Drogen und umgeben von Papp-Pyramiden, von denen er ein letztes Mal einen Blick auf diese endbekackte Welt hätte werfen können, bevor er sich ein für alle Mal das Leben nahm.

Unterdessen blieb er das ganze Wochenende tatenlos vor dem Wohnzimmerkamin sitzen, auf dem geblümten Sofa der Alten, auf dem sie vor ihm ihr Leben ausgehaucht hatte, so als würde gleich etwas passieren.

Aber es passierte nie etwas: *Wir selbst sind das, was passiert …*

*

SAINT-NICOLAS WAR NICHT nur der Name der Einkaufsstraße von Montfort-sur-Meu, sondern auch der des Bartträgers, den man dort einmal im Jahr feierte, wobei zahlreiche Schaustellerbuden und Fahrgeschäfte die Place de l'Église in Beschlag nahmen. Selbst während des religiösen Konsumfestes hatte man diese Leute im Blick – die 13-Uhr-Nachrichten wurden aufmerksam verfolgt, außerdem waren sie als Hühnerdiebe verschrien – hier wie andernorts war man als Nomade nicht sonderlich beliebt.

Mc Cash brummte missgelaunt am Steuer seines BMW. Es war fast schon Mittag, und weil er sich geradezu zwanghaft immer auf den letzten Drücker auf den Weg machte, würde er jetzt zu spät kommen, zumal ein Dauerregen auf die kleine Stadt niederging. Der Einäugige hatte es eilig und war mit den Gedanken ganz woanders, daher sah er die junge Frau, die auf den Fußgängerüberweg gelaufen war, viel zu spät: Auf der regennassen Straße drehten die Reifen durch, und das schwere Schlachtschiff kam ins Rutschen. Beinahe hätte er die junge Frau angefahren, aber sie brachte sich mit einem lässigen Sprung auf den Gehsteig in Sicherheit, wo sie ihre Päckchen mit Geschenken immer noch fest umklammert hielt. Mc Cash ließ die Fensterscheibe herunter. Er hatte ganz weiche Knie.

»Sie haben aber gute Reflexe! Ich hätte Sie beinahe überfahren …«

Die burschikose junge Frau hatte kurzes schwarzes Haar, ein paar nasse Strähnchen klebten an ihrer Schläfe, und ihr Lächeln war charmant:

»Ich bin halt fix …«

Mit diesen Worten verschwand die Schöne im sintflutartigen Regen …

Mc Cash bog zum Festsaal ab und parkte den BMW dreihundert Meter von der Turnhalle entfernt.

Ein nasser Wind fegte über die Tennisplätze. Am Ende der Straße unterhielten sich ein paar Eltern, die herumstanden und warteten. Während der Gemeindebeamte damit beschäftigt war, auf dem mit Markierungsnägeln gekennzeichneten Fußgängerüberweg für Sicherheit zu sorgen, stieg Mc Cash aus dem Auto und schlich zu den Tannen vor der Schule.

Es war Mittag. Bald würden die Schüler das Gebäude verlassen ... Er steckte die Hände in die Taschen seiner gefütterten Regenjacke, um sie zu wärmen. Er wusste nicht, was er der Kleinen sagen sollte. Vorerst wollte er sie einfach nur beobachten, sich ein Bild von ihr machen ... Es klingelte, dann hörte man das Gekreisch der ersten Schüler. Der Einäugige bahnte sich einen Weg durch die tropfnassen Tannenzweige, saß zusammengekauert da und beobachtete den gegenüberliegenden Gehsteig.

Von der ganzen Herumturnerei taten ihm die Knie weh. Die Schüler stürmten im Pulk aus dem Gebäude, lärmend, glücklich, dieser Fabrik entronnen zu sein, in der sie im eingleisigen Denken gedrillt wurden. Sie waren eher nachlässig gekleidet, trotzdem fand hier die große Markenschau statt, vom Che-Guevara-Drillich bis zu schaurigen Gothic-Piercings. Mc Cash hielt unter all den Hohlköpfen Ausschau nach der Gestalt im verwaschenen hellblauen Anorak. Wo steckte sie bloß?

Hinter ihm knirschte es im Kies.

»He! Sie da!«, ertönte eine erboste Stimme. »Kommen Sie da mal raus!«

Die Verteidigungsreaktion, mit der er diesem Angriff von hinten begegnete, wirkte fast wie eine Attacke –

mit einem Satz war er aus der Hecke gesprungen und sah sich drei Gendarmen gegenüber.

»Immer mit der Ruhe!«, beruhigte ihn Ledu.

Der Adjutant trug ein mit hellen Punkten gesprenkeltes Käppi, einen ordnungsgemäßen Schnurrbart und hatte schmale Lippen, die wahrscheinlich noch niemand besonders anziehend gefunden hatte. Zwei misstrauische, akneübersäte Grünschnäbel folgten ihm: Der Mann, den sie da gerade am Schuleingang überrascht hatten, sah aus wie ein zu Boden geworfener Zyklop mit schlagbereiten Fäusten.

Ledu ließ sich nicht beeindrucken:

»Was machen Sie da?«

Die Grünschnäbel standen mit dem Daumen auf dem Gürtel da und warteten auf eine Antwort.

»Nun antworten Sie schon«, forderte ihn der Gendarmerie-Chef auf.

»Nichts.«

Seine Hände zitterten noch. Mc Cash versuchte, seine morschen Knochen etwas zu lockern.

»Wie, nichts?«, fragte Ledu.

»Ich suche was.«

»In den Tannen?«

»Warum denn nicht?«

Kindergeschrei kam über die Hecke gehüpft.

»Darf ich fragen, was Sie da suchen?«

Seine faden blauen Augen tasteten ihn von Kopf bis Fuß ab. Man durfte sich nicht davon täuschen lassen, dass er den Idioten mimte. Da entdeckte Mc Cash den dürren, räudigen Hund, der ihm das letzte Mal den Hintern beschnüffelt hatte. Der Köter hatte die Nase am Boden kleben, sein abgewetzter Schwanz, mit dem er wedelte, wenn er ihn nicht traurig hängen ließ, glich einem nutzlosen Staubwedel …

»Meinen Hund«, antwortete der Einäugige.

Die Gendarmen drehten sich zu dem Köter um, der zu ihnen trippelte, sobald er merkte, dass man auf ihn aufmerksam geworden war.

»Dieser Hund gehört Ihnen?«, fragte Ledu erstaunt. »Der treibt sich schon seit Tagen in der Stadt herum. Und trägt nicht mal ein Halsband …«

»Wir führen eine offene Ehe.«

»Wollen Sie mich verarschen?« Ledu lief dunkel an, trotz der Kupferfinne, die ihm die Nase furchte. »Ihre Papiere!«

Die Jungbullen steuerten auf ihn zu, nichtsahnend, was für Fliegengewichte sie für ihn wären. Resigniert reichte Mc Cash dem Gendarmen mit den traurigen Augen seinen Geldbeutel, woraufhin dieser ihn sogleich gründlich durchforstete. Zwischen dem zerrissenen Scheckheft, der Bankkarte und dem in Bälde abgelaufenen Pass befand sich zum Glück nicht mehr das Foto von Alice, das hatte er sich vorher in die Tasche gestopft …

»Mc Cash also«, sagte Ledu kurz darauf. »Darf man erfahren, was Sie hier machen?«

»Ich geh mit meinem Hund Gassi.«

»In der Tannenhecke?«

»Sein Lieblingsplatz.«

Der Köter beschnüffelte seine Schuhe.

»Verlassene Sportplätze«, setzte der Gendarm hinzu. »Komischer Spaziergang, finden Sie nicht?«

»Das erinnert mich an meine Jugend.«

»Mögen Sie die Jugend?«

»Immer weniger.«

»Ach ja?«

»Ich werde alt.«

»Aber auf allen vieren im Gebüsch rumkriechen, das können Sie schon noch!«

Ein eisiger Windstoß fegte durch die Allee. Der Feldwebel war im Vorteil, weil er ihn überrumpelt hatte, Mc Cash, weil er größer war.

»Wohnen Sie in der Gegend?«

»Seit Kurzem.«

Ledu gab ihm seinen Geldbeutel zurück und sah ihn weiter unverwandt an.

»Ihr Auto ist auf die 29 zugelassen«, sagte er mit Besserwissermiene. »Sie brauchen ein neues Kennzeichen …«

Zwei Schritte weiter pinkelte der Köter mit dem abgewetzten Schwanz gegen die Hecke. Mc Cash sah dem Abzeichenträger in die Augen, sah darin nichts als Marineblau. Er ging wortlos weiter, der alte Hund trottete hinterher.

Somebody got murdered

MC CASH WACHTE mit mieser Laune auf. Er hatte sich trotz der THC-haltigen Schlaftabletten nur herumgewälzt, außerdem war er wieder von Angéliques Geist heimgesucht worden, ihre Beine so zart wie weicher Sand, die Hände langgliedrig, der Busen einfach umwerfend. Er hatte noch ihren Geruch nach frischer Mango in der Nase, vom Schlafzimmer verfolgte er ihn wie ein Flügelrauschen, wie ein nach Vanille duftendes Raunen, außerdem war es arschkalt im Haus dieser verrückten Alten, der Feuerholzkorb war leer, und die gestrige Begegnung mit Adjutant Ledu hatte ihn in seinem Urteil über die menschliche Rasse auch nicht gerade milder gestimmt.

Die Gendarmen hatten ihn auf dem Kieker. Vielleicht war ihnen sein Auto aufgefallen, und sie hatten ihn bis zum Eingang der Schule verfolgt. Weil er einäugig war. Weil seine Behinderung bei den Mitmenschen nicht Mitleid weckte, sondern ihn zum Sonderling machte. Er war ein verwundeter Mann – und damit gefährlich. Wie Tiere in der Falle …

In der Hütte der Alten war es düster und feucht. Mc Cash stand in der Küche, Dampfwolken ausstoßend, als hätte er Nüstern. Er verbrannte sich die Lippe am Kaffee, rollte sich einen Joint und trat dann in den anbrechenden Tag hinaus, eingehüllt in seine Regenjacke.

Ohne auf das Gekläff dieses Wracks von einem Hund zu achten, das seinen kleinen Garten seit dem Vortag okkupierte, marschierte der Ire zum alten Waschhaus hinüber.

Über den Dächern wurde es langsam Tag, die Temperatur war knapp über null, selbst die Bäume im Wald wirkten erstarrt wie ein Stillleben. Er ging an der Lindenhecke vorbei, das Herz sorgenschwer. Angélique, Carole, Alice – so viele Frauen auf seiner Umlaufbahn, die ihm im Kopf herumschwirrten ... Er musste zu einer Entscheidung kommen, was er mit dem Mädchen machen sollte, ob er sie nun ansprechen sollte oder nicht, musste überlegen, ob er damit nicht dem Andenken an ihre Mutter schadete, ob er nicht vielleicht Unordnung in ein neues Leben brachte oder eine ohnehin schon schmerzvolle Situation noch weiter verschlimmerte. War es am Ende nicht besser, einen toten Vater zu haben als einen sterbenden? Wie viel Zeit blieb ihm noch zu leben? Sechs Monate? Ein Jahr? Und wenn sein Augenlicht schneller schwinden würde als angenommen? Wenn ihm nur noch ein paar Wochen blieben bis zur gänzlichen Erblindung? Wie würden sie beide denn dann dastehen, verflixt!?

Der Tagesanzeiger von Montfort-sur-Meu würde eine schöne Schlagzeile daraus machen! »Wie durch ein Wunder findet eine Waise ihren Vater wieder, einen Polizeiinspektor, der einst aufgrund seiner politischen Aktivitäten aus Irland ausgewiesen wurde, doch statt endlich eine gemeinsame solide und glückliche Zukunft aufzubauen, jagt sich der Vater, bis auf die Knochen vom Krebs zerfressen, zu allem Unglück einfach eine Kugel ins Auge!«

Mc Cash ging am Waschhaus vorbei und bog dann auf den schlammigen Weg ab. Der Morgennebel hing noch dicht über dem Boden. Der Tau leckte ihm übers Gesicht, ein kraftloser Schritt folgte dem anderen, ganz wie seine im Kreis laufenden, mechanischen Gedanken.

Was sollte er zu dem armen Mädchen sagen? »Wie geht's dir?« Ein jämmerlicher Einäugiger! Das ging nicht. Das ging sogar ganz und gar nicht! Vor drei Monaten war ihre Mutter gestorben, gewiss unter Schmerzen, obwohl die Ärzte sie mit Drogen vollgepumpt hatten. Alice war jetzt eine Waise, nach den Sommerferien ging sie wieder zur Schule, und niemanden scherte das. Das Kind hatte keinen Menschen, auf den es sich verlassen konnte, bis zur Volljährigkeit wartete nur eine Pflegefamilie oder das Heim auf das Mädchen – und ein Vater, den sie bereits für tot hielt.

Das konnte ja ein frohes Weihnachtsfest werden …

Der Köter trottete schwanzwedelnd vor ihm her, als würden sie zusammen Gassi gehen. Mc Cash zündete sich eine Zigarette an, im Mund einen widerlichen Grasgeschmack. Der Herbst hatte den Bäumen das Gewand ausgezogen, die letzten Blätter stürzten sich todesmutig in den Fluss, das Schilfrohr beugte sich unterm Morgenwind; keine Menschenseele hielt sich zwischen dem Gebüsch und dem Wasserlauf auf, der dort abzweigte.

Mc Cash zog den Kragen seines Mantels fester zu, der plötzlich irgendwie Ähnlichkeiten mit dem Fell des schwarzen Hundes in seiner Begleitung hatte. Er dachte wieder an Alice' zarte Gestalt zwischen all den hormongedopten Mitschülern, der Wind fuhr ihm eisig in die Knochen, es fiel ihm überhaupt kein Ausweg ein, und wenn er ehrlich war, fand er es grässlich, diesen schlammigen Weg entlangzulaufen, diesen räudigen Köter und diese Krankheit im Schlepptau.

Nach ein paar Schritten blieb der Hund stehen und drehte sich zu ihm um, die Ohren aufgerichtet, als wartete er auf ihn.

Mc Cash nahm einen spitzen Stein vom Boden und verfehlte ihn nur knapp.

Der Hund dachte wahrscheinlich, das wäre ein neues Spiel, und fing an, im Gebüsch nach dem Projektil zu suchen.

»So ein Trottel …«

Mc Cash blies eine Nebelschwade aus Raureif und Dampf aus, die über den Seerosen schwebte, bevor sie zu den Dornenhecken getragen wurde. Es nieselte immer noch. Bis sie wieder zu Hause wären, hätte der

Regen sie völlig durchnässt. Schöner Spaziergang, kann man da nur sagen …

Der räudige Hund bellte bei einem Schilfdickicht, die Schnauze im Wind, als sei er von einer alten Jagderinnerung überrascht worden … Diesmal verfehlte der Kieselstein nicht sein Ziel: Das Hinterteil machte einen kleinen Hüpfer, eine pittoreske Verrenkung, die ihm fast ein Lächeln abgerungen hätte. Doch statt abzuhauen, warf das Tier Mc Cash einen dieser vollkommen unmenschlichen orangefarbenen Blicke zu und bellte nur umso heftiger.

Während in dem Einäugigen der niederträchtige Gedanke aufkeimte, dem Hund in die Flanke zu treten, ging er zu ihm hinüber. Der Hund wartete beim Fluss.

Mc Cash beugte sich zu dem schlammigen Sumpf vor, der dort vor sich hin moderte, und sah einen Kopf mit Kapuze.

Ein Kind, das Gesicht zum Himmel gedreht.

Ein schrecklicher Gedanke durchzuckte ihn – Alice … Er bekam einen Kloß im Hals, als er näher herantrat. Der kleine, bekleidete Körper trieb in den Wasserlinsen auf dem Rücken. Nach dem Gesicht zu urteilen, war es ein Mädchen. Nicht älter als fünf – sie hatte noch dicke Backen und eine Kapuze auf …

Mc Cash stürzte sich sofort ins Wasser, was nicht so oft vorkam.

Das Wasser reichte ihm jetzt bis zum Hintern, es war kalt, unangenehm, es stank, er paddelte herum. Die Sumpflinsen krabbelten wie grüne Ameisen auf ihm herum, und seine Schuhe ließen sich nur mit großer Mühe aus dem schlammigen Grund ziehen. Er war ganz steif vor Kälte, und der Wind auf dem Wasser setzte seinem Kreuz ziemlich zu. Schließlich erreichte er das Kind.

Es rührte sich nicht. Mit offenen Augen schien das Mädchen in seinem Traum zu schweben, der aufgedunsene Leib als Boje. Mc Cash packte es am Mantel und zog es zum Ufer.

Der Hund stand kläffend im Stechginster und streckte den Kopf vor, als zögerte er noch, ins Wasser zu springen, und erst als der Ire das Ufer erreicht hatte, warf er sich hinein.

»Mist …«

Sogar seine Augenbinde war jetzt mit Wasserlinsen besprenkelt. Mc Cash packte das Mädchen beim Mantelkragen, wuchtete es hoch ins nasse Gras und kletterte dann selbst aus dem Wasser. Das Blut schoss ihm in die Schläfen, erschöpft spuckte er Wasserdampf aus, kiloweise. Die Kleine in der nassen Kapuze rührte sich nicht. Er kniete nieder, tastete ihren Puls, verzog das Gesicht.

Auch Herzmassagen würden hier nichts mehr ausrichten: Mc Cash könnte jetzt noch so sehr Druck auf ihre kleine Brust ausüben, ihr das Herz mit Ermunterungen vollstopfen, versuchen, ihr Leben in den Brustkorb zu pressen, bis die Rippen brachen, sie würde davon nicht wieder lebendig werden.

Sie würde nicht wieder lebendig werden.

Er gab es bald auf.

Der Wind strich sanft durch das Schilfrohr. Auf dem Boden lag dieser kleine leblose Körper in dem abgetragenen, aufgeknöpften Persianermantel, die ehemals rosigen Wangen, die Kapuze vollgesogen mit schmutzigem Wasser, das Haar, nach innen gedrehte Korkenzieherlöckchen … die großen hellgrauen Augen sahen in den Himmel und erkannten ihn nicht.

Mc Cash hatte die ganze Zeit keinen Mucks von sich gegeben.

Der Köter, der die Leiche entdeckt hatte, robbte mühselig ans Ufer, kläffte, dass er sich fast den Hals dabei verrenkte, und schnüffelte ringsum alles ab, als gäbe es noch zahllose weitere Leichen. Der Ex-Bulle vergaß für einen Augenblick die Wasserlinse, die an ihren Giraffenbabywimpern hing, und untersuchte den leblosen Mädchenkörper.

Der Bauch war gebläht, die Lunge voller Wasser, das Gesicht bleich … Die Haare unter der Mütze waren sehr dunkel, die Gesichtszüge recht ausgeprägt – eine Roma, eine Zigeunerin, eine Angehörige des Fahrenden Volks … Vielleicht gehörte sie ja zu den Schaustellern vom Nikolausfest? Er tastete den Nacken ab, konnte keine Fraktur spüren. Dieses Mädchen war schon eine ganze Weile tot …

Über den Nebelschwaden wurde es langsam Tag. Mc Cash zog sein Handy aus der Manteltasche.

*

»WIE HABEN SIE die Leiche gefunden?«

»Das habe ich Ihnen schon gesagt: Ich bin am Ufer entlangspaziert.«

»Von woher kamen Sie?«

»Das habe ich Ihnen auch schon gesagt: von zu Hause.«

»Und gestern Abend, wo waren Sie da?«

»Bei mir zu Hause.«

»Allein?«

»Nein, ich war mit dem fraglichen Mädchen zusammen: Erst ein bisschen Small Talk, dann ging es heftig zur Sache, und zwar auf dem Teddyfell vorm Kamin … Was glauben Sie, Ledu? Dass ich auf Doktorspielchen stehe?«

Im Büro des Gendarmen stand ein blinkender Plastikweihnachtsbaum. Mc Cash wusste nur zu gut, dass man besser nicht alleine sein sollte, wenn man eine Leiche findet, und begann schon zu bereuen, dass er die Gendarmerie gerufen hatte.

»Was regen Sie sich so auf? Ich stelle nur die üblichen Fragen …«

»Fühlt sich immer mehr wie eine Vernehmung an.«

»Damit kennen Sie sich aus, was?«

Mc Cash schnipste ein paar Wasserlinsen fort, die an seinem Mantel klebten.

»Ich sehe, Sie haben sich ein wenig umgehört …«

»Das ist das Mindeste, was der zuständige Beamte tun muss«, versicherte ihm der Gendarm. »Ihr Status als ehemaliger Polizeibeamter räumt Ihnen keinerlei

Sonderrechte ein, und für einen einfachen Zeugen sind Sie mir viel zu aggressiv. Hier geht es vielleicht um einen Mordfall, Sie verstehen schon, da ist Ihre Aussage wichtig.«

Die traurigen Augen passten überhaupt nicht zum Schnurrbart. Vielleicht bildete er sich ein, er könnte auf diese Art seine Mitmenschen täuschen. Oder er war unglücklich und verbarg das hinter seiner stacheligen Maske.

Mc Cash sagte nichts.

»Also?«, fragte Ledu beharrlich weiter. »Was hatten Sie so früh am Morgen am Fluss zu suchen, noch dazu im Regen?«

»Ich bin spazieren gegangen.«

»Gehen Sie oft so früh am Ufer des Meu spazieren?«

»Manchmal.«

»Selbst wenn's regnet?«

»Vor allem, wenn's regnet.«

»Was wollen Sie damit sagen?«

»Ich hab Sonne noch nie vertragen.«

Mc Cash suchte in den Taschen seines Mantels nach Zigaretten, aber er war bis zur Taille durchnässt und fand nur noch feuchte Krümel. Ledu saß im Kokon seines Drehsessels und musterte ihn mit seinen Seelöwenaugen.

»Sind Sie allein spazieren gegangen?«

»Selbstverständlich.«

»Ich wüsste nicht, was daran selbstverständlich sein sollte.«

»Kommen Sie, und verbringen Sie fünf Minuten mit mir in meinem Graben, dann sehen Sie's ...«

»Was denn?«

»Selbst wenn ich aus dem Graben herauskrieche, folgt er mir überallhin nach.«

»Ich verstehe überhaupt nichts von Ihrer Grabengeschichte«, antwortete Ledu verärgert. »Was treiben Sie tagsüber?«

»Nichts«, antwortete Mc Cash.

»Das ist Ihre Beschäftigung?«

»Das ist meine Hauptbeschäftigung.«

»Alle Welt macht irgendwas.«

»Ich hab aber mit aller Welt nichts mehr gemein.«

»Ach nein?«

»Nein.«

Der Regen klebte an den Scheiben. Der Gendarm blätterte zerstreut in seinem Pass.

»Sie waren Polizeiinspektor der Kriminalitätsbekämpfungsbrigade von Brest?«

»Und nachts Callgirl.«

»Außerdem haben Sie in Paris gearbeitet, in Créteil und in Rennes«, fuhr er fort, ohne auf die Provokation einzugehen. »Sitzfleisch haben Sie ja nicht gerade.«

Das nannte man Flucht. Mc Cash warf ihm mit Blicken spitze Steine nach:

»Wozu stellen Sie mir Fragen, Sie kennen die Antworten ja schon«, lautete sein Kommentar.

Ledu ließ sich nicht aus dem Konzept bringen.

»Stimmt. Ich hatte gerade Ihre unmittelbare Vorgesetzte am Telefon: Sie haben letzten Monat die Kündigung eingereicht, ohne jede Erklärung. Sie hätten in den vorzeitigen Ruhestand gehen können, das wäre überhaupt kein Problem gewesen.«

»So was interessiert mich nicht.«

»Gibt es Dinge, die Sie interessieren?«

»Frauenbrüste, falls Sie bis auf den Grund meiner Gedanken sehen wollen, und zwar die dicken. Alle anderen reizen mich nicht.«

Mit seiner aggressiven Witzelei konnte er kaum überspielen, wie nervös er war.

»Was ist geschehen, dass Sie alles auf einen Schlag hingeschmissen haben?«, fragte Ledu.

Der einäugige Ex-Bulle, der vor Kälte schlotternd auf der anderen Seite des Schreibtisches saß, feuerte mit seinem einen Auge tödliche Schüsse auf ihn ab.

»Mein Privatleben geht Sie gar nichts an.«

»Dieses Mädchen ist nicht freiwillig ins Wasser gesprungen«, erwiderte der Adjutant. »Weshalb sind Sie nach Montfort gekommen?«

»Um hier eine ruhige Kugel zu schieben«, seufzte Mc Cash.

»Komischer Ort dafür, finden Sie nicht?«

»In Ihrem Kaff ist nicht viel los.«

»Nein«, stimmte er zu, »bis heute nicht.«

»Sie gehen mir richtig auf den Zeiger, Ledu.«

»Aus Ihrer Zeugenaussage geht hervor, dass Sie in ›die kleinen Täler des Meu‹ gezogen sind«, sagte er ausweichend. »Von da bis zu der Stelle, an der Sie die Leiche gefunden haben, ist es ein ganzes Stück …«

»Ich esse viel Hafer zum Frühstück.«

»Was machen Sie in Montfort?«, wiederholte Ledu.

»Ich hab's Ihnen schon gesagt: nichts.«

Er log. Jetzt musste er nur noch herausfinden, warum.

Ledu warf einen Blick auf die Fotos, die sie gerade am Ufer des Meu aufgenommen hatten. Die Kleine hatte keine Papiere bei sich, und im Departement war keine einzige Vermisstenanzeige aufgegeben worden.

»Warum haben Sie die Leiche bewegt? Sie müssten doch wissen, dass …«

»Ich habe das Mädchen aus dem Wasser gezogen, um zu schauen, ob es noch lebt«, schnitt Mc Cash ihm das Wort ab. »Jetzt erzählen Sie mir nicht, Sie wären so abgebrüht, dass Sie sich in einer solchen Situation an die Vorschriften halten würden!«

»Bisher sind Sie mein einziger Zeuge.«

»Zeuge oder Verdächtiger?«

»Sagen Sie's mir!«

Flüssigkeit lief aus der Lederbinde, ein dünner Streifen, wie eine Nacktschnecke, Mc Cash wischte sie mit dem Ärmel fort. Er war nass bis auf die Knochen, ihm war kalt, er wollte seine Ruhe.

»Ich bin zufällig auf die Kleine gestoßen und hab sie rausgefischt«, sagte der Ire erbost. »Und wenn Sie noch eine weitere dumme Frage stellen wollen, dann beeilen Sie sich, denn ich gehe jetzt nach Hause.«

Die beiden Männer maßen sich mit Blicken.

»Wir werden ja sehen, was bei der Autopsie herauskommt«, sagte Ledu, um das Gesicht zu wahren. »Aber ich muss Sie bitten, die Gegend in den nächsten Tagen nicht zu verlassen«, setzte er hinzu.

Der Gendarm war misstrauisch. Mc Cash wäre schließlich nicht der erste Ex-Bulle oder neurotische Militär, der dem Charme kleiner Mädchen erlag.

»Ich bin nicht hergekommen, um gleich wieder woanders hinzugehen«, sagte Mc Cash und stand auf.

Seine Schuhe hatten eine kleine Pfütze auf den Fliesen hinterlassen. Er ging aus dem Büro, ließ den Geruch von WC-Ente hinter sich und hielt den Blicken der jungen Rekruten auf dem Flur stand. Nicht das geringste Mitleid. Er wurde von der eisigen Luft der Flügeltür empfangen, die sich geöffnet hatte. Eine aufgedonnerte Blondine mit goldfarbenem Handtäschchen kam mit selbstbewusstem Gang in die Gendarmerie, eine durchtrainierte Mittvierzigerin mit methylenblauen Augen.

»Guten Tag, Madame Ledu«, sagte einer der jungen Rekruten.

»Guten Tag!«

Sie wiegte sich in den Hüften, als stellte sie sich vor, sie schreite vor dem Fotografen einer Zeitschrift über den Laufsteg, unter den Blicken eines Publikums, das sie schon längst erobert hatte. Mc Cash dagegen achtete kaum auf sie – sie war so gar nicht sein Fall.

In heftigen Böen fegte der Sprühregen über den

Parkplatz, während der Ire zu seinem Auto rannte. Seit drei Stunden hockte er jetzt schon in der Gendarmerie herum, und das Bild des Mädchens im Schlick drehte ihm den Magen um. Als er an einem dort geparkten Peugeot vorbeiging, fiel ihm eine Frau auf dem Beifahrersitz auf. Während Ledus Ehefrau ihn eher an den Plastikweihnachtsbaum aus dem Büro erinnerte, war die junge Frau im Auto ein hübsches Ding mit hellen Augen, etwa im gleichen Alter. Mc Cash hatte sie am Vortag fast umgefahren … Er überließ ein Wiedersehen mit dieser Schönheit dem ungewissen Zufall, stieg in seinen BMW und fuhr nach Hause.

Vor seinem müden Geist erschienen die zitternden Wangen der Kleinen. Ledu hatte kein Wort über den Schock verloren, den das Entdecken einer Leiche bewirken kann, so als wäre er nur ein totes Stück Holz, als wäre seine Augenklappe einfach nur Ausdruck reinster Aggression … »Die kleinen Täler des Meu«; er fuhr am Spalier aus Lindenbäumen vorbei und fuhr langsamer, je näher er dem Haus kam.

Das elende, verkrustete Häufchen, das mitten im Garten saß, war über das Wiedersehen völlig aus dem Häuschen. Mc Cash hätte ihn beim Einparken fast überfahren, schlug die Tür zu und ging durch den Garten, ohne das Tier auch nur eines Blickes zu würdigen.

Dieser alte Flohsack hatte ihn mit dem Fund der Leiche ganz schön in Teufels Küche gebracht.

Er drückte die Tür zu der verfallenen Bude auf

und warf seinen vollgesogenen Mantel aufs Sofa. Es roch nach Wachs und kaltem Gras. Er entledigte sich seiner Kleider, dann machte er ein großes Feuer im Kamin, blieb auf der Sofakante sitzen und rauchte in der Erwartung, es werde vorübergehen ... Tat es aber nicht. Das Bild kehrte zurück. Er sah wieder die runden Wangen, die aus der Kapuze herauslugten, die hellen, leeren Augen, die Wasserlinse auf ihren langen Giraffenwimpern und den kleinen, vom schlammigen Wasser aufgetriebenen Körper ...

Ledu hatte recht gehabt. Dieses Mädchen war nicht freiwillig ins eisige Flusswasser gesprungen. Etwas oder jemand musste sie hineingeworfen haben. Es fühlte sich an, als hätte er einen fetten Kloß im Hals stecken.

Justice tonight

MC CASH LAS keine Zeitung mehr, und bei dem ganzen Rummel rund um die Festtage bekam er fast schon Lust, ein paar Läden abzufackeln. Zu Hause hatte er keinen Empfang fürs Fernsehen – der Wald und die Hügel der Buttes de la Harelle isolierten das Haus –, über Kabel wäre es wohl noch gegangen oder übers Digital-terrestrische, lauter Dinge, mit denen er eigentlich nichts am Hut haben wollte. Er hatte immer geglaubt, er werde die Welt verändern, und jetzt hatte die Welt am Ende ihn verändert. Er hatte genug gesehen.

Bei der Brigade von Brest war es seine Aufgabe gewesen, die menschlichen Wracks einzusammeln, die auf der Straße herumlungerten, all die Schiffbrüchigen, die sich normalerweise nur untereinander Schlimmes antaten: ehemalige Hafenarbeiter, Metaller, einfache Obdachlose oder chronisch Misshandelte – die Überfälle und Verbrechen, derer sie sich schuldig machten, waren so schwer wie ihre Lage. Einmal hatte er eine tote Frau gefunden: Sie lag in ihrem Pappkarton, eine Hexe unbestimmten Alters mit einer üblen Wunde an der Wade. Ihre Beine waren so von Exkrementen bedeckt, dass man ihre Wunde anfangs gar nicht sehen konnte. Erst nach der Autopsie wusste man, dass der Gummi ihrer Söckchen sie umgebracht hatte. Er war ganz allmählich eingewachsen, war ein Fleisch mit ihr geworden, bis er den Knochen erreicht hatte und der Wundbrand sie das Leben kostete.

Wie die Sozialarbeiter erzählten, war ein solches Schicksal in einem Milieu, in dem man schon für ein paar Euro oder ein Transistorradio das Fell abgezogen bekam, gar nichts Ungewöhnliches. Mc Cash hatte sich am Ende daran gewöhnt. Brest war auch nicht kaputter als Belfast, und dann gab es da noch den Ozean, der einen daran erinnerte, dass man nicht weit kommen würde. Er hatte die verunglückten Opfer einer Bande von Verkehrsrowdys eingesammelt, ohne das geringste Mitleid zu empfinden, weder für die Opfer noch für sich selbst. Diese fürchterlichen Zustände waren eher eine Bestätigung seiner These, dass der Kapitalismus menschenfresserisch geworden war und dass er erst die Kollektivität und anschließend den Individualismus als Illusion entlarven würde.

Der schnöde Alltag, seine Augenprobleme und der frühe Tod von Joe Strummer hatten ihn am Ende von Bord gehen lassen. Ganz egal, ob er nun den einsamen Helden spielen oder mit seiner Melancholie kokettieren wollte – seit dem Tod seines alten Bruders hatte er nach niemandem mehr Sehnsucht.

Als er sich in der Bäckerei in der Rue Saint-Nicolas

ein Brot kaufte, hörte Mc Cash die Kundin vor ihm erzählen, die »Kleine, die man letzte Woche aus dem Wasser gezogen hat«, sei immer noch nicht identifiziert worden. Nur eines sei sicher, die Arme sei ertrunken ...

Was denn ein kleines Mädchen ganz allein am Ufer des Meu zu suchen habe? Ob es vielleicht zu den Schauleuten der Jahrmarktsbuden gehörte? Die Bäckerin mit Armen wie ein Sumoringer wusste es auch nicht. Dann wechselten sie das Thema und gingen zum Weihnachtsessen über, und der Einäugige hörte nicht mehr zu – das Mädchen mit den runden Wangen hatte nicht einmal einen Vornamen ...

»Und der Herr, was hätten Sie denn gern?«

Heute Abend war Weihnachten. Mc Cash nahm ein Baguette.

*

UNTER DEM ZERZAUSTEN Birnbaum im Garten saß der Hund und wartete auf irgendwas, während ihm der Regen von den Ohren troff. Er saß in der Dämmerung mit einem Blick, als hielte er seinen letzten Knochen feil, aber Mc Cash ging mit dem bereits durchweichten Baguette durch den Garten an ihm vorbei. Eine Stimme hinter ihm sagte:

»Guten Abend ...«

Ein Mädchen trat aus dem benachbarten Wäldchen, eine etwa zwölf Jahre alte Göre mit dunkelblondem Haar, abgewetzten Stiefeln und einem verwaschenen blauen Anorak, der ihn erinnerte an ...

»Ich heiße Alice«, sagte sie leiser. »Ich wohne auch in Montfort …«

Mc Cash sah sie an, als würden alle Mädchen der Welt Alice heißen.

»Ich, äh, ich möchte mit Ihnen sprechen«, sagte sie.

Sie hielt ein paar Dutzend Meter Abstand von ihm und war offenbar tief beeindruckt von seiner Augenbinde: Sie wrang die Hände, die in Wollhandschuhen steckten, und sah lieber zu dem alten Hund, der mit dem Schwanz wedelte. Mc Cash blieb fast die Luft weg – damit hatte er nun wirklich nicht gerechnet.

»Mit mir sprechen? Ja, worüber denn?«

Woher konnte sie das wissen? Wer hatte ihr die Wahrheit gesagt? Hatte Carole ihn angelogen? Hatte sie ihm eine Falle gestellt? Alice zögerte, bevor sie murmelte:

»Na ja, also … über das kleine Mädchen, das Sie gefunden haben.«

Der Hund kam aus dem Garten herangetrottet, aber das Auge des Zyklopen gebot ihm auf der Stelle Einhalt.

»Woher weißt du denn davon?«

»Aber das weiß doch jeder im Ort, dass Sie sie im Fluss gefunden haben.«

Mc Cash betrachtete sie aufmerksam – zum ersten Mal war er ihr so nah. Alice hatte die großen Augen einer Katze, rosige Wangen von der Kälte, doch ihre Gesichtszüge sagten ihm gar nichts, vielleicht erinnerten sie ihn entfernt an Carole, an ihren Duft …

Aber Ähnlichkeiten mit sich selbst konnte er nicht entdecken.

»Woher weißt du, wo ich wohne?«

»Bah, das weiß doch jeder.«

»Ein Land voller Denunzianten«, lautete sein Kommentar.

Alice wiegte sich auf den Absätzen, als sei sie bereit, jeden Moment die Flucht zu ergreifen. Schließlich lösten sich ihre Finger doch voneinander, während es hartnäckig weiternieselte. Das Mädchen wartete wohl schon eine ganze Weile, denn sein alter blauer Anorak war ganz durchnässt.

»Na gut«, schnaubte er, »was hast du mir zu sagen?«

»Na, das Mädchen, das Sie da im Fluss gefunden haben«, sagte sie unbeirrt, »also, das hab ich gekannt.«

Der Blick ihrer Augen verriet ihm nichts, denn es war zu dunkel im Garten, und von diesem verfluchten Regen wurde ihm ganz schummrig im Kopf.

»Niemand weiß, wo sie herkommt, aber du weißt, wer sie ist.«

»Genau. Na ja, ich hab sie schon mal gesehen«, stellte Alice klar.

»Auf dem Rummel?«

»Nein, nein …«

Sie wusste nicht, wie sie es sagen oder wo sie anfangen sollte. Mc Cash half ihr nicht dabei, er schüttelte nur ungläubig den Kopf. Von dem Baguette in seiner Hand troff der Regen.

»Wenn du etwas zu sagen hast, dann musst du damit zur Polizei gehen, nicht zu mir«, grummelte er. »Ich kann nichts für das arme Mädchen tun. Und für dich auch nicht.«

Er wollte sie nicht sehen. Er war nicht vorbereitet. Er wusste nicht, was er sagen sollte. Er würde sie bloß anlügen. Oder ihr Gemeinheiten sagen. Sie musste weg hier.

»Ich ... Ich kann nicht mit den Gendarmen sprechen«, rechtfertigte sich Alice.

»Warum denn nicht?«

»Das ... Also das ist ein bisschen komplizierter«, stotterte sie. »Monsieur Ledu, der Gendarmeriechef, der mag mich nicht besonders. Das hat was mit seinem Sohn Damien zu tun. Es hat Ärger gegeben, aber er hat mir nicht geglaubt. Da stand dann sein Wort, also das von seinem Sohn, gegen meins ...«

Ihr Gesicht wurde in der Dämmerung allmählich immer blasser.

»Was soll das heißen?«, knurrte Mc Cash.

»Ich bin mir sicher, dass Ledu mir nicht glaubt, wenn ich ihm erzähle, dass ich das ertrunkene Mädchen schon mal gesehen habe.«

»Vielleicht hat er ja allen Grund dazu.«

Alice blickte ihn vorwurfsvoll an:

»Ich hätte Sie nicht für so stur gehalten.«

Das Mädchen hatte recht. Er war wirklich ein unglaubliches Rindvieh.

»Das mag ja alles sein«, gab er zu, »aber ich bin nun

mal kein Gendarm: Er leitet die Ermittlungen, nicht ich.«

»Man erzählt sich auch, Sie wären Polizist«, konterte sie sogleich.

»Geschwätz.«

»Stimmt es nicht?«

»Und wenn schon!«

»Niemand will sich anhören, was ich zu sagen habe, aber Sie vielleicht schon.«

Alice' Gesicht war unter der zerschlissenen Kapuze ihres Anoraks verborgen. Inzwischen wurde es rasend schnell dunkel, man konnte ihre kristallklaren blauen Augen schon nicht mehr sehen, nur noch das verwaschene Blau ihres Mantels …

Mc Cash brummelte ein wenig, er fühlte sich hin und her gerissen. Er stand da im regennassen Mantel, die Kälte ging ihm bis auf die Knochen, er wusste nicht, wie er seine Tochter ansprechen sollte, und jetzt tauchte sie einfach bei ihm auf, am Abend vor Weihnachten, wie ein vom Himmel gefallener Engel.

»Hey«, sagte sie leise, »wäre es nicht besser, wenn wir drinnen weiterreden würden? Ich bin klatschnass …«

Von ihrer Kapuze perlten die Tropfen. Also ließ er sich von seinen Gefühlen mitreißen.

»Na gut«, brummte er, »fünf Minuten.«

Der schwarze Hund, der unterm Birnbaum wartete, wollte ihnen schon folgen, wurde aber von einer Drohgebärde des Einäugigen wieder auf seinen Platz verwiesen. Mc Cash drückte die Tür zu seiner Höhle auf.

»Das ist doch das alte Haus der alten Guivar'ch?!«, fragte Alice, als sie das Haus betrat.

»Das von der alten Verrückten.«

»Ich bin ihr mit Astrid immer gefolgt, gleich hier in den Wald«, sagte sie. »Die alte Guivar'ch ist immer Pilze sammeln gegangen, aber die Leute haben gesagt, das wären Giftpilze und sie mache einen Zaubertrank daraus.«

»Wie originell!«

Das Wohnzimmer sah aus wie eine feuchtkalte Grotte. Alice lief ein Schauder über den Rücken, als sie sah, wie groß das Ausmaß des Chaos war: Auf den Tellern klebten noch die Spaghetti, in allen Ecken des Raumes lagen verstreut Kleider herum, auf dem kleinen Tisch vor dem Kamin waren Tassen und Weingläser gestapelt wie Schädel, und dann noch die ganzen ausgedrückten Kippen …

»Mein lieber Scholli, Sie sind ja nicht gerade der perfekte Hausmann«, bemerkte sie.

Mc Cash zerknüllte die Zeitung, die auf dem Boden lag, und warf sie auf den Haufen lauwarmer Asche.

»Ich bin in gar nichts perfekt«, sagte er, um das Thema zu beenden. »Also, was ist das für eine Geschichte?«

Alice hängte ihren durchnässten Anorak über die Sofalehne und schaute ihm zu, wie er Holzscheite im Kamin aufschichtete. Aus der Asche stieg schwärzlicher Rauch auf.

»Na ja, wie ich Ihnen schon gesagt habe, ich hab das

kleine Mädchen gesehen. Ich glaube, das war an dem Tag, bevor man sie im Fluss gefunden hat.«

»Woher willst du denn wissen, dass es sich um dasselbe Mädchen handelt? Soweit ich weiß, sind in der Zeitung keine Fotos veröffentlicht worden.«

»Nein, aber ich habe ihre Personenbeschreibung im *Ouest France* gelesen«, antwortete sie wie aus der Pistole geschossen. »Ein Mädchen mit einem beigefarbenen Persianermantel und einer roten Kapuzenmütze, stand da … Ich wusste nicht, was ein Persianer ist, aber das hab ich im Wörterbuch nachgeschaut. Einen Mantel aus so einem Fell habe ich noch nie gesehen. Der von dem Mädchen war beige, und sie trug eine Kapuzenmütze.«

Mc Cash warf das letzte Holzscheit in den Kamin und machte Feuer.

»Natürlich«, sagte er, »das stand ja in der Zeitung.«

»Nein, ich meine, als ich sie gesehen habe«, korrigierte ihn Alice. »An dem Abend, bevor sie ertrank.«

»Ach ja?«, sagte er, während er sich wieder aufrichtete. »Und wo war das?«

»Bei Le Guillou«, sagte sie, »ich bin gerade mit dem Fahrrad vorbeigefahren …«

Alice wirkte eingeschüchtert, und er hatte nichts, was er ihr anbieten konnte, nicht einmal einen Orangensaft. Er forderte sie auf, sie solle es sich doch gemütlich machen, aber das junge Mädchen blieb auf der Sofakante sitzen, den Blick auf die Flammen gerichtet, um nicht in sein eines Auge schauen zu müssen. Schließlich erklärte sie, Le Guillou sei der Heimleiter einer Einrichtung des Jugendamts, sie sei letzten Samstag auf dem Heimweg von der Sporthalle vor seinem Haus vorbeigekommen, und dort habe sie ein Auto auf das Grundstück von Le Guillou fahren sehen, eine Art Geländewagen mit Allradantrieb und getönten Scheiben. Aus Neugier habe sie einen Blick über den Zaun geworfen und gesehen, wie Le Guillou mit einem dicken Mann sprach. Das kleine Mädchen mit dem beigen Fellmantel habe im Wagen gesessen und gewartet, und Le Guillou habe sie dann ins Haus geholt. In dem Moment sei sie weggefahren …

Das Feuer leckte an den Holzscheiten. In Schweigen gehüllt, rieb Alice sich die Hände am Feuer, als wären es zwei Feuersteine. Mc Cash betrachtete ihre Augen im Schein der Flammen, grün mit einem gelben Fleck in der Mitte, wie eine Sonne. Je länger er darüber nachdachte, desto fadenscheiniger kam ihre Geschichte ihm vor.

»Ein bisschen seltsam, deine Geschichte«, sagte er.

»Genau das hätte Ledu auch gesagt.«

Mc Cash fragte sich, wo sie das alles herhatte, als ein schmerzhafter Stich seinen kranken, leeren Augapfel durchzuckte. Kündigte sich ein Anfall an, oder war das nur eine Kamikaze-Attacke? Er wankte und fand an der Kante des Kamins wieder Halt.

»Glauben Sie mir etwa nicht?«, fragte Alice.

»Schließlich erzählst du mir erst jetzt davon.«

»Na ja«, rechtfertigte sie sich, »ich habe ja auch heute erst erfahren, wie das Mädchen aussah, das man aus dem Fluss gefischt hat.«

Alice sah ihn mit weit aufgerissenen Augen an, denn der Einäugige machte plötzlich ein komisches Gesicht.

»Hast du etwa nicht mit dem Heimleiter darüber gesprochen?«, fragte er in einem Ton, als sei er verärgert.

»Mit Le Guillou? Öh, nein … Anfangs hab ich geglaubt, man bringt ihm ein Heimkind, und dann hab ich nicht weiter dran gedacht. Aber jetzt, wo ich die Beschreibung in der Zeitung gelesen habe, bin ich fast sicher, dass es dasselbe Mädchen ist.«

Aus den Flammen sprühten Funken wie ein kleines Feuerwerk – Mc Cash hatte den Pinienzaun ausgerissen, um ihn als Feuerholz herzunehmen. Er wollte sich von dem niedrigen Tischchen eine Zigarette nehmen, um wieder Haltung zu gewinnen, aber es war, als steckte sein Kopf in einem Schraubstock. Als er sich bückte, musste er die Stirn runzeln. Das wilde Tier war wieder erwacht.

»Und deine Pflegefamilie«, kürzte er die Sache ab, »wissen die, dass du hier bist?«

»Nein, sie glauben, ich bin in der Sporthalle …« Sie wedelte ein wenig mit der Hand – der Zigarettenrauch brannte ihr in den Augen. »Woher wissen Sie, dass ich in einer Pflegefamilie untergebracht bin?«

Die Schmerzen waren so stark, dass er gar nicht mehr richtig nachdenken konnte.

»Wahrscheinlich hast du es mir selbst gesagt. Sie warten bestimmt auf dich, oder?«

Alice zuckte mit den Schultern.

»Kinder sollten nicht unbedingt nachts hier herumstromern. Wie alt bist du denn?«

»In zwanzig Tagen werde ich zehn.«

»Die Tage zählen bringt gar nichts.«

»Irgendwelche Ziele braucht man doch.«

»Und welches Ziel wolltest du mit einem Besuch bei mir erreichen?«

»Sie sollen herausfinden, was mit dem kleinen Mädchen geschehen ist.«

Sie ließ nicht locker. Nur war das nicht der rechte Moment: In seinem Kopf tobte ein heftiges Unwetter, und er hatte mehr als nur ein einziges Ziel. Auf keinen Fall wollte er einen Anfall bekommen, solange sie bei ihm war. Der Schmerz würde ihn böse machen.

Mit dem Gefühl, ein Presslufthammer bohre sich durch sein Gehirn, reichte Mc Cash ihr den blauen Anorak.

»Ich hab meinen Job an den Nagel gehängt«, sagte er zur Erläuterung. »Und ich will keinen Ärger. Ledu sitzt mir schon genug im Nacken.«

Er warf ihr einen vernichtenden Blick zu.

»Du musst gehen. Schnell.«

Das wilde Tier richtete sich gierig auf, stellte sich auf die Hinterbeine.

Alice nahm ihren alten Mantel und sagte: »Erst müssen Sie mir helfen.«

Unter den wurmstichigen Balken dröhnte die Donnerstimme des Einäugigen: »Ich hab dir gesagt, du sollst abhauen!«

Als sie wie versteinert vor dem Kamin stehen blieb, packte er sie beim Handgelenk, nahm ihre Mütze von der Sofalehne, zog sie bis zur Tür und stieß sie über die Türschwelle, und zwar so heftig, dass Alice fast im Schlamm gelandet wäre.

Sie warf einen wütenden Blick zurück zur Tür, die gerade hinter ihr zugefallen war. Gleich darauf wurde diese noch einmal kurz aufgerissen, und ein Paar Wollhandschuhe landete im Dreck.

Train in vain

DIE ERSTE VORWARNUNG hatte er vor zwei Jahren bekommen, als ihm auf dem Weg zu einer Geliebten ein so scharfer Schmerz durch den Kopf fuhr, dass er nicht mehr weiterfahren konnte. Mc Cash hatte das Auto stehen gelassen und die junge Frau auch, hatte sich zu Hause eingeschlossen und gewartet, dass es vorbeigehen würde. Nach ein paar Stunden, die ihm doppelt so lang vorkamen, ging der Anfall allmählich vorüber, aber das wilde Tier kehrte schließlich immer öfter zurück, schlug völlig überraschend zu, brachte ihn heimtückisch um den Verstand. Manchmal wurde der Schmerz rasend schnell unerträglich, als gäbe es einen Rückkoppelungseffekt, als würde eine Klinge durch seine leere Augenhöhle schaben, oder das Miststück quälte ihn stundenlang, es war wie die Geburtswehen eines toten Bauchs …

Sich nicht mehr bewegen.

Nicht mehr atmen.

Die Zähne zusammenbeißen und durchhalten.

Mc Cash blieb vollkommen reglos auf dem Sofa liegen. An jenem Abend war die Bestie besonders flink, ein ausgemachtes Aas, das ihm Banderillas in den Leib stieß. Er weinte vor Wut, besessen von einem bösen Geist, den Kopf in den Kissen vergraben.

Die Visionen nahmen Formen an wie Balken im Auge, ertrunkene Kinder, die auf halber Höhe schwebten, mausetote Kinder, die Augen von den Flusskarpfen gefressen – und die Scheißkarpfen sprangen auf die Seerosen.

Die Leiche von Alice war bedeckt mit grünen Wasserlinsen, ihre Haut so durchscheinend, dass man ihre Knochen sehen konnte, ihr Gesicht war unter Wasser, und die Augen sahen ihn starr und leer an: »Was hast du für mich getan, Vater?!« Alice mit ihrem dicken Bauch, sie sah aus wie ein unterernährtes Mädchen, ein armes, kraftloses Ding, das wie ein Spielball im Wasser trieb, gehetzte Alice, ertrunkene Alice, arme Alice ... Und gleich hinter ihr Leichen, in dichten Trauben, sie kamen aus der Schule, tote Kinder, mit der Schaufel erschlagen, zusammengefegt und dann in den Fluss geworfen, hopp, hopp, hopp, es regnete tote Kinder, tonnenweise, in Industrieeinheiten, alle waren schon bald entstellt, quasi ohne Augen, mit grünen Wasserlinsen gespickt – und überall am Ufer die fröhlichen Karpfen, den Bauch vollgeschlagen mit Augen.

Die Morphintabletten riefen Wahnvorstellungen bei ihm hervor.

Der Anfall hatte etwa eine Stunde gedauert, vielleicht auch weniger. Sein Kopf fühlte sich an, als wären es zehn Stunden gewesen. Dem makabren Reigen war eine dumpfe Lethargie gefolgt, Mc Cash gab keinen Mucks mehr von sich. Die Droge hatte ihm den Rest gegeben, jetzt lag er da wie ein in die Ecke geworfener Sack, musste sich erst sortieren.

Er setzte sich wieder auf, aber die Welt rund um sein Sofa kam ihm ganz schrecklich bedrückend vor: Die Tischkanten standen aggressiv hervor und schienen nur darauf zu warten, dass er sich bewegte, sich an ihnen stieß und verletzte, die Gegenstände selbst schienen ihm aufzulauern, die Welt war kantig und schneidend. Er blieb auf dem abgewetzten Sofa sitzen und suchte sein Gleichgewicht.

Draußen war es dunkel geworden, beziehungsweise die Nacht war hereingebrochen. Der Winter hatte die Blätter vom Baum geholt, die verwaisten Zweige wiegten sich traurig vor dem Fenster. Das letzte Holzscheit im Kamin hatten die Flammen verzehrt, jetzt stieg Rauch auf, in kleinen Spiralen. Allmählich kehrte wieder Normalität ein.

Als der Mond hinter den Wolken hervorkam, stimmte der Köter im Garten ein langes, schauriges Geheul an ... Seltsam: Man hörte nur noch das langsame Sterben des Feuers im Kamin und wie draußen der Wind blies ... Das Morphin hinterließ einen teigigen Geschmack in seinem Mund. Kein Gespenst hing mehr an der Decke, es gab auch keine Schattengestalten, die ihn schweigend anklagten. Die Bestie war wieder dahin verschwunden, wo sie hergekommen war.

Mc Cash stand auf und linste durch die beschlagene Fensterscheibe nach draußen:

»Mist.«

Das Mädchen stand immer noch da draußen unterm Birnbaum: Sie wartete im nassen Gras, die Kapuze über den Kopf gezogen.

Der Hund hatte sich neben sie gelegt, die Lefzen auf den Pfoten, die er gekreuzt hatte, als säßen sie bei einem kleinen Plausch im Salon beieinander. Auch ihn schien der Regen nicht zu stören.

Mc Cash wischte mit der Rückseite seines Ärmels über die feuchte Augenhöhle, öffnete die Tür und ging hinaus zu dem Mädchen. Alice hob den Kopf und presste sich an den Hund.

»Was willst du eigentlich von mir?«, fragte er und stand da wie ein Riese unterm Mond. »Hast du nicht begriffen, dass man für das Mädchen nichts mehr tun konnte? Du kannst das nicht glauben, aber ich sag dir: Glaub's einfach! Denn so ist es nun mal. Daran kann ich nichts ändern.«

Der alte Hund ließ die Ohren hängen. Alice flüchtete sich unter ihre Kapuze.

»Sie haben nie Kinder gehabt, das merkt man …«

Die Haustür stand noch einen Spaltbreit offen, und ihre Pupillen glänzten golden im Lichtschein. Es lag keine grüne Wasserlinse auf ihren Wimpern, nichts deutete auf ihren Tod hin: Man sah weder Knochen unter durchscheinender Haut noch Leichen. Alice war quicklebendig.

»Also gut«, sagte er, »hier draußen kannst du nicht bleiben, steh auf!«

Das Mädchen schlotterte unter seiner Kapuze. Es konnte sich kaum auf den Beinen halten.

»Ich bring dich zu deinen Eltern zurück«, brummte er vor sich hin. »Ich meine, zu den anderen da …«

Den Plabennecs.

»Sie haben mir immer noch nicht gesagt, ob Sie mir helfen wollen«, sagte sie ganz leise.

»Du bist ja vielleicht ein Sturkopf.«

Aber sein Herz begann heftig zu klopfen.

Mc Cash musste heftig schlucken.

»Wem hast du deine Geschichte sonst noch erzählt?«

»Niemandem«, antwortete sie.

»Nicht mal deiner besten Freundin?«

»Astrid ist in Urlaub gefahren«, sagte sie, »außerdem gibt es Dinge, die behalte ich für mich.«

Ihr Gesicht war im Mondlicht immer undeutlicher zu erkennen. »Es ist fast sieben«, sagte er, »deine Pflegefamilie wird sich Sorgen machen.«

»Dann sind Sie einverstanden?«

»Kein Wort zu wem auch immer, ok?«

Alice nickte, noch immer wie zu Eis erstarrt. Mc Cash packte mit einem prüfenden Griff ihren blauen Anorak: total billiges Zeug.

*

IM BMW FAND man alles Mögliche: Kippen, Sandwich-Verpackungen, amtliche Dokumente und verdreckte Polizeiberichte, kleine Kieselsteine, ein Taschenbuch …

»Witziges Auto«, bemerkte Alice.

»Wüsste nicht, was daran witzig sein soll.«

Sie stocherte mit dem Fuß in den Plastikverpackungen herum, die den Boden bedeckten.

»Hat was von einer Mülltonne.«

»Autos interessieren dich?«

»Ach was, aber Mama hatte eine Ente, das ist auch ein witziges Auto.«

Nicht über ihre Mutter reden. Nicht jetzt.

Er zündete sich eine Zigarette an und qualmte die Kiste voll. Er hatte schon zehnmal mit dem Rauchen aufgehört und dreißigmal wieder damit angefangen. Um das Stadtzentrum von Montfort machten sie einen großen Bogen – Alice war fürs Weihnachtsessen schon zu spät dran, das würde nur Gerede geben, wenn herauskam, dass »der Einäugige« sich abends mit jungen Mädchen herumtrieb … Alice saß neben ihm und entzifferte den Titel des Buches, das auf dem Boden lag: *Le théoriste* von Yves Pages. Sie überflog, was hinten auf dem Umschlag stand.

»Klingt so, als wär das ein gutes Buch«, sagte sie.

»Du würdest nichts kapieren.«

Das Morphin hatte ihn etwas benebelt, und er wusste nicht, wie er mit ihr reden sollte, und ob überhaupt. Er war ihr bei lebendigem Leib verfaulender Vater, nicht ihr internationaler Retter. Sie hatte ihn aufgesucht, aber die einzige Hilfe, die er ihr geben konnte, war, dass er ihr zweiter Trauerfall werden würde. Lieber sterben, als ihr die Wahrheit sagen. Er würde ihr Unglück nicht in ein Glück verwandeln können, er war nicht Jesus, keineswegs, er würde ihr kleines Unglück einfach belassen, wo es war, ohne noch eine Schippe draufzulegen. Die Kleine hatte schon genug abbekommen.

»Was machen Sie denn für ein Gesicht!«, sagte sie.

Das hinterlistige kleine Ding hatte seinen toten Winkel ausgenutzt. Themenwechsel.

»Ich dachte an deinen Le Guillou«, sagte er sanfter. »Du hast mir gesagt, du hättest ihn im Heim kennengelernt?«

»Ja. Ich war einen Monat dort, dann hat man eine Pflegefamilie für mich gefunden.«

»Wie läuft das mit den Kids? Ich meine, im Heim, die Kinder, die kommen und gehen?«

»Na ja ... Manche sind im Heim, weil ihre Eltern tot sind, andere, weil die Eltern sich nicht um sie kümmern können oder weil man sie schlägt. Und andere steckt man in eine Pflegefamilie ... Aber das Ziel ist es, also wenn man noch Eltern hat«, setzte sie hinzu, »dass einer von beiden uns eines Tages wieder mit nach Hause nimmt.«

Um ein Haar hätte er seine Morphintabletten aufs Armaturenbrett gespuckt.

»Und wer hat dich ins Heim gesteckt?«, fragte er.

»Zu den Plabennecs? Mademoiselle Debetz, die Sozialarbeiterin.«

Alice hatte die Hände in den Taschen ihres Anoraks und schlotterte immer noch vor Kälte.

»Bist du in einer netten Pflegefamilie?«

»Hmm.«

Alice war auf ihrem Sitz ein wenig zusammengesunken.

»Es scheint dir ja nicht so zu gefallen.«

»Meine Mutter ist diesen Sommer gestorben«, sagte sie ganz tapfer.

Sie waren in der Siedlung angekommen. Jetzt mussten sie auseinandergehen, und das würde noch eine ganze Weile so sein.

»Hatte sie denn sonst keine Familie?«, fragte er. »Ich meine Brüder oder Schwestern, die sich um dich kümmern könnten?«

Das Mädchen schüttelte den Kopf:

»Die gehören einer Sekte an. Ich hab sie noch nie gesehen. Sie wissen nicht mal, dass es mich gibt … Und mein Vater«, setzte sie ungerührt hinzu, »der ist gestorben.«

»Aha.«

»Da war ich noch klein«, fuhr Alice fort, »ich war keine drei Jahre alt, da hatte er einen Autounfall, aber ich erinnere mich an ihn: Er hat mir immer Gutenachtgeschichten erzählt. Geschichten von Mäusen …«

Das dachte sie sich aus.

Sie sah Väter, wo eigentlich nur Gespenster vom Himmel fielen.

Sie sah ein liebevolles Gesicht, dabei war da nur ein Einäugiger.

Und ein lebendiges ertrunkenes Mädchen.

Alice hatte, ganz wie er selbst auch, einen Sinn fürs Tragische. Sie sagte nichts mehr. Wie in Zeitlupe fuhren sie durch mäandernde Alleen, deren Namen so klangen, als fühlte sich das Leben dort richtig gut an. Der Regen prasselte auf die Windschutzscheibe des BMW. Mc Cash fuhr nachts nur sehr ungern, und von all diesen identischen Häuschen bekam er eine Stinklaune.

»Also, wohin jetzt?«, fragte er ungehalten.

»Die erste rechts, da am Ende der Allee ...«

Er parkte hundert Meter weiter und schaltete die Scheinwerfer aus. Das Einfamilienhäuschen der Familie Plabennec lag am Rande der Siedlung. In der Ferne sah man die Werbetafeln der Firmen des Industrieparks und durch die beschlagenen Scheiben des Wohnzimmers die blinkende Lichterkette eines Weihnachtsbaumes. Sie mussten sich trennen, aber Alice saß auf dem Beifahrersitz und hatte keine Lust, nach Hause zu gehen.

»Und was machen Sie Heiligabend?«

Er sah sie an, als hätte sie ihn zu einem Fest-Noz eingeladen.

»Sie haben gar niemanden zu Hause, stimmt's?«, fragte sie zu allem Überfluss. »Außer dem alten Hund habe ich niemanden gesehen.«

»Heiligabend ist mir scheißegal, und der Köter erst recht.«

»Ist das denn nicht Ihr Hund?«

»Er schläft in meinem Garten im Dreck, und wenn ich Kieselsteine nach ihm werfe, glaubt er, ich will mit ihm spielen, das ist alles.«

Sie lächelte. Gleich würden sie auseinandergehen.

»Na gut«, sagte sie und öffnete die Tür, »dann auf Wiedersehen.«

Ein heftiger Windstoß fegte ins Innere.

»Mir auch«, sagte sie noch, bevor sie ging, »Heiligabend ist der Horror für mich.«

Sie winkte ihm noch durchs Fenster und rannte dann weg.

Ein eisiger Sprühregen folgte ihr bis zur Freitreppe: Alice öffnete die Eingangstür und verschwand im Haus.

Und schon führte sie ein Leben ohne ihn.

Er fuhr nach Hause.

So ein Schwachsinn, dieses Weihnachten.

I fought the law

YVON LEDU ÜBERSPIELTE seine Traurigkeit. Er hatte keine andere Wahl. Kaum waren die Geschenke ausgepackt, verschwand seine Frau Myriam auch schon mit Damien und ihrer Schwester, diesem Miststück, zum traditionellen Weihnachtsessen bei der Schwiegerfamilie. Dieses Jahr konnte Yvon sich nicht aufraffen, sie zu begleiten. Myriam hatte ihm nicht den geringsten Vorwurf gemacht, als er ihr mitteilte, er hätte am 25. Dezember Dienst: Sie hatte einfach nur umgehend ihre werte Mutter informiert, dass sie mit einem Gast weniger rechnen musste.

Die Gleichgültigkeit seiner Frau machte ihn unglücklich. Er konnte seine Gefühle nicht zeigen, und seinen Schmerz schon gar nicht. Seit zwei Jahren schliefen sie nicht mehr miteinander – es war zu spät, darüber zu reden. Er hatte gehofft, es sei nur vorübergehend, nach sechzehn Jahren Ehe durfte ihr Liebesleben mal eine Pause machen, durften sie mal auftanken, letztlich waren sie ja nicht verpflichtet, in einer Phase der Weiterentwicklung so eng aneinanderzukleben: Die

Lebenslinie konnte sich wie eine tanzende Schlange gebärden, oder besser gesagt wie zwei Schlangen, die sich zusammen aufrichteten und sich manchmal wieder trafen … aber so war es ja überhaupt nicht.

Myriam hatte ihn wie einen Teller Essen einfach auf dem Tisch stehen lassen und seither nicht mehr angerührt. Ihre Liebe war erloschen.

Yvon hatte sich eingeredet, Myriam werde wieder zurückkommen. Während er auf sie wartete, hatte er seine Sehnsucht nach ihr auf Damien projiziert, einen Nichtsnutz, den er liebte, weil er sein Sohn war. Deshalb hatte er jeden Mittwoch- und Sonntagnachmittag auf dem Sportplatz verbracht, um ihn bei seinen Turnieren zu begleiten. Zwar machte sein Sohnemann dort keine besonders gute Figur, aber so waren sie immerhin in den Augen der anderen eine Familie. Yvon glaubte daran, weil es einfacher war, weil das Leben so leichter zu ertragen war.

Und dann hatte er diesen Blick beim Endspiel des Tennisturniers gesehen. Zwischen Myriam und ihrer Schwester Barbara, dieser zynischen und prinzipienlosen Schlampe, die, wenn sie nicht gerade in ihrem blöden Keramikladen stand, mit den besseren Herren der Gesellschaft – und auch einigen anderen – ins Bett stieg. Der Blick, den die beiden tauschten, als Levasseur den Tennisplatz betrat, verriet, dass sie Komplizinnen waren. Philippe Levasseur, ein Jetsetter mit Geschäftsgeist, der aus dem Kanton stammte, war ein innovativer Architekt und noch dazu ein sportlicher Mann. Die komplizenhafte Kennermiene von Barbara, dieser Nutte, sprach Bände: Sie hatte ihn betrogen, und nur ein kompletter Vollidiot hätte das nicht bemerkt …

Yvon war traurig. Er hatte alles auf seine Familie gesetzt, und das war jetzt der Dank dafür, aber er hatte nichts gesagt: Myriam war schon immer aufsehenerregender gewesen als er, der keine Fehler hatte und auch keinen Charme. Er hatte ihr Sicherheit geboten zu einer Zeit, in der sie diese brauchte, aber es war nur logisch, dass sie sich mit dieser flatterhaften Schwester früher oder später woanders umschauen würde. Er hatte so getan, als sähe er nichts, lebte weiter in seinem Wolkenkuckucksheim, das niemandem mehr Freude machte.

Yvon Ledu fühlte sich missachtet und ungeliebt, die Ohnmacht und die Demütigung, die er empfand, weil sie ihn betrogen hatte, hatten ihn traurig und verbittert gemacht. Er war allein an diesem Heiligabend, und der große Einäugige, der plötzlich in seinem Büro auftauchte, schien seine menschlichen Qualitäten auch eher verspotten zu wollen …

»Sie ist also einfach so ertrunken?«

»Das kam bei der Autopsie heraus«, antwortete Ledu.

Mc Cash stand vor dem Schreibtisch des Gendarmen, seine Haltung machte deutlich, dass er sich kein X für ein U vormachen ließ.

»Keine Anzeichen von Gewaltanwendung?«

»Ich habe Ihnen doch schon gesagt, dass dieses Mädchen ertrunken ist.«

»Mitten in der Nacht? Als ich sie gefunden hatte, war sie erst seit ein paar Stunden tot …«

»Das haben Sie in Ihrem Bericht nicht angegeben«, warf er ihm vor.

»Das war Ihr Job, nicht meiner. Also?«

»Nichts! Das Mädchen hatte keine Papiere bei sich, niemand weiß, woher sie kam, wer sie war oder was sie in Montfort und vor allem am Meu eigentlich zu suchen hatte.«

Neben ihm blinkte der Weihnachtsbaum, als wäre er auf Kundenfang.

»Hat es in letzter Zeit in dieser Region keine Vermisstenmeldungen gegeben?«, wollte Mc Cash wissen. »Das Mädchen sah aus wie eine typische Roma: Haben Sie mit dem fahrenden Volk ein paar Worte gewechselt, sie zu dem Thema befragt?«

»Selbstverständlich.«

»Und die Sozialarbeiter, haben Sie die vernommen?«

»Das geht Sie nichts an.«

»Und den Leiter des Kinderheims?«

»Ja, sind Sie denn taub?« Die Wut ließ seine roten Wangen aufglühen. »Hören Sie, Sie werden mir hier nicht ins Gehege kommen, Mc Cash, und meinen Beruf brauchen Sie mir auch nicht zu erklären: Denn erstens sind Gendarmen viel besser ausgebildet, um so eine Art von Befragung erfolgreich durchzuführen, zweitens gehören Sie nicht mehr zum Haus, und drittens begreife ich immer noch nicht, was Sie hier in Montfort zu suchen haben – wenn man einmal davon absieht, dass Sie sich ein bisschen zu sehr für Kinder interessieren …«

»Sie sind widerlich.«

»Sie haben dieses Mädchen im Fluss gefunden, nicht ich.«

»Ein Zufall, das wissen Sie.«

»Das gibt es nicht in meinem Beruf«, erwiderte Ledu. »Passen Sie auf, Mc Cash: Ich weiß nicht, welche Rolle Sie in dieser Geschichte spielen, aber Sie könnten einigen Ärger bekommen …«

Das Ganze im Tonfall eines neokonservativen Militärs.

Alice hatte recht, von ihm war nichts zu erwarten, da waren Hopfen und Malz verloren.

*

SAHOLY DEBETZ LIEBTE japanische Gärten. Sie waren so ganz anders als die französischen mit ihrer Geometrie oder als die ländliche Romantik der englischen Gärten. Japanische Gärten waren viel ergreifender, hatten viel mehr Charme mit ihren zarten Terrassierungen, ihrem in Kaskaden herabfallenden Moos und Pflanzungen, die so zerbrechlich waren wie der Friede, der alles im Universum verband. Zugegebenermaßen hatte Saholy zwar nie diese kosmische Heiterkeit empfunden, aber sie arbeitete daran. Eines Tages würde sie selbst wie ein japanischer Garten sein.

Bis dahin war sie Sozialarbeiterin in Montfort-sur-Meu. Um genauer zu sein, war es Saholys Aufgabe, elternlose Kinder in Pflegefamilien unterzubringen. Seit fünf Jahren arbeitete sie eng zusammen mit dem Kinder- und Familienzentrum des Departements und hatte mit ihren neununddreißig Jahren nicht mehr das Ziel, selbst eine Familie zu gründen. Sie hatte ohnehin den ganzen Tag mit Kindern zu tun, die meisten davon waren in einem jämmerlichen Zustand, außerdem wollte sie die Abende für sich und ihre kleinen Freuden haben … Saholys Vorfahren stammten aus Madagaskar, sie wohnte in einem alten Bauernhof, der zur Seite zu kippen drohte, hoch oben auf einem Hügel. Der Komfort war bescheiden, aber das Grundstück groß genug, dass sie ihrer Leidenschaft für Botanik frönen konnte.

Sie grub gerade ein Beet um, als ein verbeulter BMW im Hof des Bauernhofs anhielt.

Kurz darauf stieg ein Mann aus, ein Einäugiger. Der eiskalte Wind brachte die Bänder seiner schwarzen Augenklappe zum Flattern. Er kam auf sie zu wie ein Geisterschiff, das durch den Schlamm wankt, das Gesicht von der Kälte gerötet. In der Nacht war ein wenig Schnee gefallen und hatte die Felder und das Dach des Bauernhofes zugedeckt.

Die Sozialarbeiterin trug eine weiße Mütze, die ihre üppige dunkle Mähne zusammenhielt, eine ärmellose

Daunenweste und eine enge Jeans, die ihre Figur gut zur Geltung brachte, sofern man auf gazellenschlanke Frauen stand. Sie beäugte den Besucher kritisch, die Augen zwei schwarze Sehschlitze, wie Schießscharten.

»Guten Tag«, sagte Mc Cash und betrat ihr Grundstück. »Ich störe Sie doch nicht etwa?«

»Iwo. Wieso denn?«

»Na ja, heute ist Weihnachten ...«

Sie zuckte die Schultern.

»Wenn man keine Kinder hat, ist das wie ein langweiliger Sonntag.«

»Kein Grund, mitten im Winter Blumen zu pflanzen«, sagte er, als er die Samentütchen auf dem Weg sah.

»Kommt ganz auf die Blütezeit an. Wie heißen Sie?«

»Mc Cash.«

Saholy war groß, hatte einen matten Teint, wie aus Zedernholz geschnitzt.

»Saholy«, antwortete sie und barg ihre Finger, die in fingerlosen Handschuhen steckten, in der anderen Hand. »Ich habe Sie im Ort mit dem Auto vorbeifahren sehen.«

»Ich wohne nicht weit.«

»Hab ich schon gehört.«

»Allerhand ... Und was erzählt man sich sonst noch so?«

»Meist blödes Zeug«, sagte sie und musterte ihn eingehend. »Sie wissen ja, wie die Leute in Kleinstädten so sind ...«

»Viel zu neugierig.«

»Und Sie? Was machen Sie in meinem Garten?«

Saholy hatte hervorstehende Wangenknochen, ein ausgeprägtes Selbstbewusstsein und eine deutlich defensive Grundhaltung. Ihr japanischer Garten hingegen war noch eine einzige Baustelle.

»Sie arbeiten im Sozialzentrum von Montfort, nicht wahr?«, fragte Mc Cash.

»Seit zwei Jahren.«

»Haben Sie auch Alice unter Ihre Fittiche genommen?«

»Darf ich fragen, warum Sie das wissen wollen?«

»Sie ist gestern zu mir gekommen«, antwortete er, »am Spätnachmittag.«

Saholy ließ völlig fassungslos ihren Spaten fallen.

»Ach ja? Und ... warum?«

»Erzählt Alice vielleicht gerne Geschichten, die nicht so ganz der Wahrheit entsprechen?«, versuchte es Mc Cash über einen Umweg.

»Nein«, antwortete die Sozialarbeiterin, »das passt gar nicht zu ihr.«

»Was passt dann zu ihr?«

»Sie ist begabt. Lustig. Unglücklich. Jeden Tag was anderes ...« Saholy betrachtete ihn eingehend, aber es schien nicht die Augenbinde zu sein, die sie irritierte. »Sie haben meine Frage immer noch nicht beantwortet: Warum ist Alice zu Ihnen gekommen?«

Mc Cash verzog das Gesicht – diese Frau flößte ihm irgendwie Vertrauen ein, und er musste Genaueres über die Sache in Erfahrung bringen.

»Sie behauptet, das Mädchen, das man im Fluss gefunden hat, gesehen zu haben«, sagte er. »Bei einem gewissen Le Guillou, dem Heimleiter. Kennen Sie den?«

»Ja. Ja …«

»Hat Le Guillou Familie? Eine Frau? Kinder?«

»Nicht dass ich wüsste«, antwortete die Sozialarbeiterin. »Wieso ist Alice zu Ihnen gegangen, um mit Ihnen zu reden?«

»Sie glaubt, dass ich Polizist bin.«

»Und das stimmt gar nicht?«

»Ich dachte, auf dem Dorf erzählt man sich bloß dummes Zeug?«

»Sie fallen auf«, erklärte sie. »Warum kommen Sie damit ausgerechnet zu mir?«

»Ich dachte, Sie könnten mir vielleicht helfen. Sie kennen Alice und die Leute von hier besser als ich.«

Saholy stand da in ihrer Weste und zuckte mit den Achseln, ein raureifspuckender Drache.

»Sie sollten das besser den Gendarmen erzählen«, lautete ihr Fazit. »Ledu wirkt immer sehr großkotzig, aber er ist eine ehrliche Haut.«

»Genau das Gegenteil von mir also«, erwiderte Mc Cash kurz und bündig.

»Das stimmt. Wer sagt mir, dass Sie nicht völlig gestört sind?«

Ein Schwarm Spatzen flog quer über den Hof. Er stemmte die Hände in die Taschen seines noch feuchten Mantels, geradezu wie ein Wildschwein. Ein kurzer Augenblick der Osmose.

»Hören Sie«, sagte er, während sein Blick sich verdüsterte, »ich habe wirklich anderes zu tun, als im Kanton Montfort-sur-Meu Detektiv zu spielen. Dann kommt ein Mädchen daher und erzählt mir irgendwelchen Mist – vielleicht handelt es sich ja auch um einen Mord. Im Sozialdienst der Stadt arbeiten Sie mit dem Kinderheim zusammen: Könnte es vielleicht sein, dass das kleine ertrunkene Mädchen vorübergehend bei Le Guillou untergebracht war?«

»Dann hätte man mich zwangsläufig darüber unterrichtet«, antwortete sie. »Bei mir wird über jedes Kind eine Akte angelegt.«

»Auch über die der Jahrmarktsleute?«

»Nein. Die gehen in die Schule der Stadt, in der sie sich gerade aufhalten, und kommen ganz gut ohne uns klar.«

Er brummte in seinen Bart. Wäre die kleine Ertrunkene in die Gemeindeschule gegangen, dann wüsste das alle Welt … Aber vielleicht hatten die Jahrmarktsleute sie ja auch aus unbekanntem Grund versteckt gehalten …

»Was halten Sie von Le Guillou?«, fragte er weiter.

»Na ja«, meinte Saholy, »also die Nacht würde ich nicht mit ihm verbringen wollen, aber was die Arbeit angeht, da hatte ich schon mit Schlimmeren zu tun. Sagen Sie mir lieber, was genau passiert ist …«

Er erzählte von Alice und ihrer Fahrt mit dem Fahrrad, von dem Allradwagen mit den getönten Scheiben, von dem schlafenden Mädchen, ihrer Beschreibung in der Zeitung, nachdem sie ertrunken war, ihrem Vorbehalt, Ledu davon in Kenntnis zu setzen, weil er dann die Gelegenheit bekäme, den Ruf seines Sohnes wieder reinzuwaschen, indem er ihre Zeugenaussage anzweifelte …

Saholy nickte, ihre Schießscharten waren auf ihn gerichtet: Das war immerhin viel für einen so kleinen Ort wie Montfort …

»Ich gestehe, es fällt mir schwer, Ihre Geschichte zu glauben«, sagte sie.

»Das ist nicht meine Geschichte, das ist die von Alice. Ist es vorstellbar, dass Le Guillou sie angebaggert hat oder versucht hat, Alice zu missbrauchen, als sie im Heim war?«

»Le Guillou …« Saholy schüttelte die Mähne, die in der Mütze gefangen war. »Nein. Nein, der ist viel zu karrieregeil, um so ein Risiko einzugehen. Und Sie können sich ja schon denken, dass die Heimleiter immer als Erste ins Visier geraten. Nein …«

Le Guillou ein Pädophiler, das konnte sie sich nicht vorstellen.

»Arbeitet er schon lange in dem Heim?«, fragte Mc Cash weiter.

»Seit etwa zwei Jahren. Ich hatte gerade meine Stelle angetreten. Wenn meine Erinnerung mich nicht trügt, dann hat er auch als Erzieher mit Straßenkindern in Rumänien gearbeitet … Das soll nicht heißen, dass er sich ihnen gegenüber schlecht verhalten hätte, im Gegenteil.«

Was noch zu beweisen wäre. Mc Cash wechselte sein Gewehr auf die andere Schulter:

»Sie haben für Alice eine Pflegefamilie gefunden, nicht wahr? Wie hat sie denn auf den Tod ihrer Mutter reagiert?«

»Kennen Sie Kinder, die ihre Mutter nicht lieben?«, fragte sie scherzhaft zurück.

»Ich kenne keine Kinder.«

»Da müssen Sie aber unglücklich sein.«

»Weniger als die Kinder, würde ich meinen. Also? Der Tod ihrer Mutter, hat sie das nicht ein bisschen aus dem Lot gebracht?«

»Alice ist zwar ein sehr fantasievolles Kind, aber sie ist ausgeglichen: Sie fantasiert nicht, wie Sie es nennen. Die aktuelle Situation ist wirklich nur eine Verkettung unglücklicher Umstände …«

Ein eisiger Wind fegte über den Moosgarten. Da rollte eine Träne aus seiner Augenbinde und erstarb gefroren auf seiner Wange. Er zerdrückte sie trotzdem.

»Wenn Sie nicht zu den Gendarmen gehen, ist das Ihre Sache, nicht meine. Ich muss noch meinen Wintergarten fertig machen …«

Er sah die Samentütchen auf dem Weg und die bemoosten Felsen, in die sie bald einen Springbrunnen einsetzen würde.

»Macht Ihnen das Spaß, Gartenarbeit und so?«

Mit dem Spaten kratzte sie den Dreck von ihren alten Tretern.

»Besser als Fernsehen.«

»Ihnen ist also langweilig?«

»Nicht im Geringsten. Sollte mir langweilig werden,

hol ich mir einen Kerl ins Bett, und dann geht das wieder vorüber. Und Sie, leben Sie allein im Wald?«

»Stelle ich Ihnen solche Fragen?«

»Aber unentwegt.«

»Das hatte nichts Persönliches.«

»Wie schäbig.«

»Ach ja?«

»Mit Ihrer Fantasie ist es wohl nicht weit her, was?!«

Er lächelte zart. Sie gefiel ihm gut mit ihrer Mescaleros-Miene.

Er musste an den Heimleiter denken, an seine Vorgeschichte in Rumänien …

»Le Guillou, wo finde ich den?«

»Oh!«, sagte sie und sah auf ihre Uhr, »der muss noch im Heim sein …«

»An Heiligabend?«

»Vor allem an Heiligabend …«

Mc Cash schüttelte die Hand, die sie ihm hingestreckt hatte. Saholys ebenholzschwarze Augen schlugen ihn in die Flucht, aber die Finger, die aus den fingerlosen Handschuhen herauslugten, waren glühend heiß.

»Halten Sie mich auf dem Laufenden«, sagte sie. »Alice ist auf ihre Art ein ganz außergewöhnliches Mädchen …«

Er nickte nachdenklich. Carole hatte genau die gleichen Worte benutzt.

Auf dem Moosteppich hatte der Nieselregen Eisblumen gebildet.

Straight to hell

DER SCHNEE VOM Vortag hatte sich in die Gräben geflüchtet. Alice stemmte im Gehen die Hände in die Taschen ihres Anoraks. Das Herz war ihr schwer geworden, und die Plabennecs würden ihr nicht helfen können. Sie waren zwar sehr nett und trösteten sich über ihre Unfruchtbarkeit hinweg, indem sie verlassenen Kindern ein Zuhause gaben, aber bei ihnen lief ständig der Fernseher, und beim Essen saßen sie auch vor der Glotze, anstatt sich miteinander zu unterhalten – kurz und gut: Es war ganz anders als bei ihrer Mutter.

Alice hatte schnell begriffen, dass die Plabennecs nur eine Übergangsstufe waren: Sie würde erwachsen werden. Und dann fortgehen. Vielleicht sogar glücklich sein. Sie war zwar ein bisschen ein Spätzünder, was Jungs anging, aber man konnte ja nicht in allem gut sein ... Bisher war es ihr größter Wunsch gewesen, einmal alle möglichen Tiere zu besitzen, in allen möglichen Farben, und eine beste Freundin zu haben, die nicht in Urlaub fahren und sie genau in dem Moment im Stich lassen würde, in dem sie sich wie der einsamste Mensch auf dieser Welt fühlte, und dann noch einen neuen Mantel, wenn man schon mal dabei war – der blaue, den sie trug, war so verwaschen, dass er schon fast gar nicht mehr vorhanden war ... Vor allem würde sie gerne ihre Mutter wiedersehen, mit ihrer beruhigenden Stimme, ihrem Duft nach Sand und den liebevollen Händen ...

Alice kam im Cosec an, einem Treffpunkt für junge Leute, die nicht wussten, was sie in den Ferien mit sich anstellen sollten. Dort konnten sie Sport treiben, aber vor allem kamen sie zum Ratschen vorbei. Die Mutigsten gingen hinter den Tannen eine rauchen, andere nutzten die Gelegenheit zum Knutschen. Hier war Alice einmal von Damien bedrängt worden: Er hatte sie beim Handgelenk gepackt, hatte gesagt, die anderen würden das doch auch tun, und sie dann gezwungen, ihn zu küssen. Nach kurzem Widerstand hatte sie ihn machen lassen, damit er sie losließ. Der Sohn von Ledu hatte ihr gerade seine Zunge in den Mund geschoben, als sie sich nach hinten in die Tannen warf. Es war Alice gelungen abzuhauen. Aber seit dem Tag hatte sie Angst vor dem Sohn des Gendarmen, und die merkwürdige Show, die er letztens vor der Schule abgezogen hatte, erinnerte sie daran, dass es von der Zielscheibe zum Opfer nur ein kleiner Schritt war. Alice hatte versucht, mit seinem Vater darüber zu reden, denn er erteilte ihnen in seiner Freizeit Tennisunterricht, aber Ledu hatte sie letztlich behandelt wie eine Lügnerin. Und weil ihre Mutter krank war, hatte sie die Sache auf sich beruhen lassen ...

Vor der Sporthalle stand niemand. Das Mädchen klatschte mit seinen Wollhandschuhen in die Hände, als müsste es die Blutzirkulation anregen. Aus weiblicher Intuition oder dem sechsten Sinn heraus drehte sie sich zur Straße um und bemerkte den verdreckten blauen BMW, der ein bisschen weiter weg geparkt stand. Es war der des Ex-Bullen, der ihr ein Zeichen machte … Sie schlenderte zur Straße, die Tasche über die Schulter geworfen.

»Hallo!«, sagte sie und öffnete die Autotür.

»Alles in Ordnung?«

Alice nickte. Sie quetschte ihre Sporttasche zwischen den Müll im Auto, streifte die Kapuze ab und ließ goldbraune Locken sehen, die der Einäugige kaum wahrnahm, denn er brauste unverzüglich los.

»Ich habe deine Sozialhelferin getroffen«, sagte er mit einem prüfenden Blick in den Rückspiegel.

»Saholy?«

Das schien sie zu freuen.

»Du kennst ihren Vornamen …«

»Ich hab Ihnen doch gesagt, dass sie sich um mich gekümmert hat, als meine Mutter krank war. Anfangs kommt sie einem ein bisschen streng vor, aber sie ist sehr nett.«

»Wir haben über dich gesprochen«, sagte er, »und auch über Le Guillou.«

»Aha …« Alice' Miene verdüsterte sich. »Und was hat sie Ihnen erzählt?«

»Dass du keine Mythomanin bist.«

»Mythomanen, das sind doch die, die sich irgendwelche Märchen ausdenken, oder?«

Gar nicht so dumm, die Kleine. Sie ließen den Fußballplatz hinter sich, der mit einer feinen Schneeschicht überzogen war, und bogen Richtung Talensac ab. Das Heim, in dem Alice gewohnt hatte, lag ein paar Kilometer davon entfernt.

»Wir werden mit Le Guillou sprechen«, teilte Mc Cash ihr mit. »Wenn er etwas zu verbergen hat, dann werden wir das sehr schnell herausfinden …«

Im besten Fall hatte sie gelogen, und sie würden mit einer ernsthaften Richtigstellung davonkommen, im schlimmsten Fall würden sie Ledu den schwarzen Peter zuschieben.

Alice saß stumm auf dem Beifahrersitz.

»Solltest du allen Leuten Unsinn erzählt haben, hättest du jetzt noch Zeit, das wieder zurückzunehmen«, sagte Mc Cash.

»Ich habe nicht gelogen!«

»Das werden wir ja sehen …«

Am Ende einer Kurve bog ein mit Schweinen beladener Lastwagen vor ihnen ab und überzog sie im Vorbeifahren mit einer stinkenden Sprühregenwolke. In der Nähe befand sich das Schlachthaus, daher brüllten die Tiere vor lauter Angst. Alice hatte sich in ihre Schmollecke zurückgezogen, das Kinn in den abgewetzten Anorak vergraben, bis sie beim Kinder- und Familienzentrum von Talensac ankamen, das von allen jungen Leuten nur »das Heim« genannt wurde. Das

Gebäude stammte aus den Fünfzigerjahren und war ein Zufluchtsort für die Kinder der Region, aber es hätte auch eine Kaserne, eine Schule oder ein Gefängnis sein können – es fehlte nur noch der Stacheldraht. Zum Glück gab es einen großen Park mit schneebedeckten Spielplätzen und weiter hinten den Wald. Blaukäppchen Alice blieb wie angenagelt im Auto hocken.

»Na, komm schon«, sagte er, »hab keine Angst.«

»Hab ich ja gar nicht.«

»Dann komm trotzdem.«

Endlich stieg Alice aus dem Wagen, lief aber widerstrebend vorwärts. Mc Cash nutzte die Gelegenheit, sich den Ort näher anzuschauen. Das Grundstück war von einem etwa zwei Meter hohen Zaun umgeben, dann folgten ein Wald und fünf Kilometer freies Feld, bevor man auf den ersten Seitenarm des Meu traf. Schwer vorstellbar, dass die Kleine mitten in der Nacht diese Strecke zurückgelegt hatte ... Die Eingangshalle war leer, aber die Putzfrau, die gerade mit Chlorreiniger die Treppe putzte, sagte zu ihm: »Du meine Güte, Monsieur Le Guillou, keine Ahnung! Heute läuft hier alles nur auf Sparflamme. Da müssen Sie Mme Sainte-Perse fragen!«

Marguerite Sainte-Perse arbeitete ehrenamtlich für das Heim und befand sich im kleinen Refektorium im ersten Stock; Mc Cash zog Alice hinter sich her, die kastanienbraune Treppe hinauf. Erinnerungen fielen wie die Fliegen über ihn her. Er verstand jetzt auch, warum. Was ihm so ans Herz ging, war nicht so sehr das unpersönliche Ambiente, die eiskalten Fliesen oder der Geruch des Reinigungsmittels, als vielmehr die vielen Schuhe, die im Eingang paarweise aufgereiht standen. Wenn er sie so ansah, verschlissen, abgewetzt, staubig, dann stellte Mc Cash sich all die kleinen Füße vor, die darin gesteckt hatten, all die kleinen verzweifelten Füße, die wie Alice weiterleben und weiterlaufen mussten, als sei nichts geschehen, weil es nun einmal so war, weil man einfach keine Wahl hatte …

»Ja bitte?«, rief eine Stimme aus dem Speisesaal. »Worum geht's?«

Marguerite Sainte-Perse, eine streng wirkende Frau in den Sechzigern, der Dutt mit Haarspray lackiert, bereitete in Anwesenheit der Köchin einen kleinen Nachmittagssnack für die Kinder zu. Zu fünft saßen sie vor den Resten eines Joghurt-Kuchens und ließen ihre Krieger aus dem All auf dem Wachstuch Schlachten ausfechten oder ihre nuttig-unterwürfigen Barbiepuppen affektierte Töne von sich geben. Es gab ein paar Kommentare zu seiner Augenklappe, aber Sainte-Perse brachte sie mit Autorität zum Schweigen. Dann teilte sie ihm mit, der Heimleiter sei im Urlaub.

»Worum geht es?«, fragte sie erneut.

Aber Mc Cash fluchte nur etwas in seinen Bart. Die ehrenamtliche Helferin sah auf Alice hinunter, als blickte sie in einen tiefen Abgrund.

»Willst du etwa mit Monsieur Le Guillou sprechen?«

Eine Stimme wie trockenes Holz. Alice fühlte sich wie ein Boot, das langsam vom Eis eingeschlossen wird. Sie hatte keine Lust zu sprechen. Sie hatte nichts zu sagen. Sie würde in ewigem Schweigen versinken.

Sainte-Perse drehte sich zum Einäugigen um.

»Dürfte ich erfahren, weshalb Sie ihn suchen?«, sagte sie in einem Tonfall, der auf Antwort drängte.

»Nein.«

Mc Cash schnappte sich Alice, die wie gebannt auf die Fliesen starrte, und sie gingen dahin zurück, woher sie gekommen waren – diese geschminkte alte Hexe erinnerte ihn an die Eiserne Lady.

*

DIE STRASSE NACH Pleumeleuc war frei, der Schnee hatte sich an die Böschungen geklammert. Patrick Le Guillou wohnte in einem langgestreckten Bauernhaus, das durch ein kleines Gehölz magerer Bäumchen von den Nachbarn getrennt war. Vor dem weißen Holzportal stand ein Citroën – das Auto des Heimleiters laut Alice. Mc Cash parkte seinen BMW ein wenig abseits.

Sie gingen zum Portal, aber als er an der Glocke zog, kam niemand.

»Hat Le Guillou vielleicht noch ein anderes Auto?«, fragte Mc Cash.

Alice zuckte mit den Schultern.

»Ich habe ihn immer nur mit diesem fahren sehen.«

Flache Landschaft, ein paar Bussarde über den Feldern, die sich durch den TGV, der in der Ferne entlangbrauste, kaum stören ließen. Der Ire drückte die Klinke herunter und stellte fest, dass die Tür offen war … Vor dem Bauernhaus gab es eine Terrasse aus grauem Stein, einen vom Regenwasser überfluteten Grill, einen langen Garten mit Unkraut, aber drinnen brannte kein Licht. Dabei war es schon fünf Uhr nachmittags.

Alice folgte ihm über den kiesbedeckten Hof. Mc Cash trommelte schon gegen die Tür. Als er immer noch keine Antwort erhielt, presste er den Kopf ans Fenster, rückte seine Augenbinde zurecht und blendete die fragenden Blicke des Mädchens aus.

»Was gibt's da zu sehen?«

Mc Cash machte ein komisches Gesicht.

»Nichts«, sagte er. »Bleib hier stehen.«

Er ließ sie bei dem vom Efeu überrankten Brunnen stehen und ging hinüber zur Scheune im rückwärtigen Teil des Gartens. Nur wenige Schritte entfernt floss der Meu, der sich kurz darauf mit dem Garin verband. Die Flussrichtung sprach für seine Theorie, dass das Mädchen vielleicht erst ein wenig abgetrieben wurde, bevor es im Schlick stecken geblieben war …

Als Mc Cash die wurmstichige Tür aufdrückte, waren seine Schuhe schon völlig durchnässt. Die Scheune mit ihren folkloristischen Gerätschaften und Werkzeugen war ungeschützt der Witterung ausgesetzt, und der kalte Nordwind fuhr wie eine Klage durch die Ritzen in den Planken … Le Guillou lag langgestreckt auf der festgestampften Erde, eine Plastiktüte über den Kopf gestülpt. Er rührte sich nicht mehr, seine Hose war bis zu den Knöcheln heruntergezogen …

Mc Cash fuhr zusammen. Hinter ihm war eine Klinge aufgetaucht, auf Halshöhe. Schnell, präzise schnitt sie ihm mit verblüffender Leichtigkeit ins Fleisch: Ihm blieb gerade noch Zeit, sich mit der Hand an die Kehle zu fahren, um die Halsschlagader zu schützen. Sofort lief Blut aus der Wunde und quoll durch die Finger. Der Killer wollte das Messer zurückziehen, aber der Ex-Bulle hielt die Waffe fest gepackt: Die Stahlklinge schnitt ihm ins Fleisch, aber er weigerte sich loszulassen.

Mc Cash schrie vor Schmerz auf, als er sich umdrehte. Den Killer sah er nur einen kurzen Augenblick: eine wächserne Maske, zwei kalte Augen im Halbschatten, ein bulliger, warm eingepackter Körper, der durch seinen Schlag mitten ins Gesicht ins Wanken geriet.

Der Ire hatte einen ziemlich harten Schlag und war so flink wie eine Ratte. Dem Killer schossen sofort die Tränen in die Augen, sodass er fast nichts mehr sehen konnte, die Wucht des Schlages hatte ihm die Nase gebrochen, und er wich einen Schritt zurück. Er fluchte in seiner Muttersprache und versuchte noch immer, die Klinge Mc Cashs Griff zu entwinden. Slawischer Akzent. Wütend rangen die beiden Männer miteinander. Mc Cash ließ seinen Kopf gegen den des Gegners knallen und verletzte sich dabei an einem Zahn. In seinem Handballen war eine tiefe, klaffende Wunde, aber endlich bekam er den Griff zu packen. Mit der freien Hand versuchte er, seinem Gegner in die Augen zu stechen, aber der Mann im Trenchcoat stieß ihn zurück. Mc Cash gab keinen Zollbreit nach, ging ihm wieder ans Gesicht und biss ihn in die Lippen. Der Killer stieß einen Schrei aus, während der Einäugige sein ganzes Gewicht zum Einsatz brachte und ihn zu Boden warf. Sie wälzten sich auf den verrosteten Werkzeugen, die dort lagen. Mit einer gezielten Bewegung entwand der Mann Mc Cash die Klinge und stürzte sich auf ihn, doch sein tödlicher Angriff wurde abgewehrt.

Der Mann war zunächst etwas begriffsstutzig. Erst als er die Mistgabel in seinem Bein stecken sah, gab er auf. Es war aufgespießt, aber zunächst spürte er gar nichts. Der Schock hatte ihn wie betäubt. Er konnte sich bloß nicht mehr bewegen.

Mc Cash hatte sich keuchend vor die Werkbank gekauert. Vor lauter Angst hatte er den Stiel der Mistgabel mit eisernem Griff umklammert. Der Killer vor ihm rührte sich nicht, stieß Beleidigungen aus, als wäre er nur in einem bösen Traum gefangen – das Blut begann ihm schon aus dem Mund zu quellen, und ein Rinnsal lief ihm die Beine hinunter, quoll bereits aus den Schuhen … Mc Cash zog die Mistgabel wieder heraus. Als habe er den stützenden Halt verloren, setzte der Mann sich auf den Hosenboden. Auf seiner beigen Hose bildete sich ein kreisrunder Fleck, der sehr schnell wuchs …

Der Ire richtete sich wieder auf und brauchte ein paar Sekunden, bevor ihm klar wurde, dass er die Beinschlagader getroffen hatte. Er biss die Zähne zusammen, denn als er die klaffende Wunde in seiner eigenen Handinnenfläche sah, wütete der Schmerz noch heftiger. Auf Knien drehte er sich zu seinem Angreifer um.

»Du hast nur noch ein paar Minuten zu leben«, sagte er mit tonloser Stimme. »Sag mir, wer dich schickt.«

Der Mann im blutigen Trenchcoat brachte kaum den Mund auf. Es fehlte ihm ein Stück Lippe, und seine Nase war nur noch Matsch. Er wollte mit der Hand in seinen Mantel greifen, doch Mc Cash hatte keine Mühe, ihm die Waffe abzunehmen – eine 9-mm-Parabellum, die Standardversion der NATO. Eine Kriegswaffe, wie sie von den meisten westlichen Armeen oder den Ex-Satellitenstaaten des Warschauer Paktes benutzt wurde.

»Also?«

Der Kerl hatte kurzgeschorene Haare, und sein verwirrter Blick verschleierte sich zusehends. Das Gesicht war wächsern und aufgedunsen. Mc Cash durchsuchte seine Taschen. Der Bursche leistete ihm keinen Widerstand mehr. Mc Cash fand ein ultramodernes Motorola-Handy, Kippen von ausgedrückten Zigaretten und eine Packung Taschentücher. Er stopfte sie auf die Wunde in der Handinnenfläche und drückte fest darauf. Der Schmerz, der ihn in dem Moment durchfuhr, machte ihn ganz wild:

»Scheiße noch mal«, zischte er, »du wirst mir jetzt sagen, wer dich geschickt hat!«

Der Killer kniete auf der gestampften Erde, das Blut lief ihm zwischen den Schenkeln herunter, er würde sterben, ohne ein Wort zu sagen. Mc Cash drehte sich um: Alice stand stumm im Rahmen der rissigen Tür.

Wie ein Tier, das seine Beute verteidigt, schoss er hervor.

»Ich hatte dir doch gesagt, du sollst dich nicht von der Stelle bewegen!«, brüllte er in der eisigen Scheune los.

Das Mädchen war vollkommen außerstande, sich irgendwie zu rühren. Wie versteinert stand es im Eingang zur Scheune, starrte den Körper an, der auf der Erde lag – den mit der Plastiktüte überm Kopf. Mc Cash musste es erst schütteln, damit es wieder in die Wirklichkeit zurückfand.

Hinter ihnen war ein dumpfes Geräusch zu hören: Der Killer war mit dem Gesicht voran auf den Boden geknallt. Ausgeblutet.

Alice blieb still auf ihrem Fleckchen Schlamm stehen, als auf der anderen Seite des Gartens das Tor aufging. Als der Mann Mc Cash vor der Scheune stehen sah, zückte er den Revolver, der unter seiner Weste verborgen war, und nahm ihn ins Visier, während er das Tor hinter seinem Rücken ins Schloss fallen ließ. Er wollte gerade schießen, aber der Ire hatte den 9-mm-Revolver schon gezückt. Schussweite dreißig Meter, er nahm das Mädchen als Schutzschild, seine Chancen, danebenzuschießen, standen fifty-fifty: Mit dem Handrücken stieß er Alice zu Boden.

Der Mann schoss nicht – er drückte sich gegen den Türflügel und drehte den Knauf, ohne die Waffe sinken zu lassen. Er floh. Mc Cash drückte in dem Moment ab, als seine anvisierte Beute durch den Türspalt huschte.

»Bleib da!«, rief er Alice zu.

Sie lag im Gras, das Gesicht voller Erde, sah den Einäugigen über den Hof laufen und mit einem Revolver in der Hand das Tor aufreißen.

Er kam zu spät. Ein dunkler Geländewagen legte einen Blitzstart hin, das Kennzeichen war nicht zu lesen – mit seinen sechs Zehnteln Sehvermögen hätte der Ire in dem abendlichen Dämmerlicht seine eigene Mutter nicht erkannt … Mc Cash fluchte wie ein Kutscher: Alice, die Leichen, seine Fingerabdrücke so gut wie überall – er würde diesem Typen nicht hinterherfahren und hier einfach alles so lassen, wie es war.

Als er zu dem Mädchen zurückging, drückte er das Knäuel staubiger Taschentücher, aus dem sein Pressverband bestand, auf die Wunde.

»Alles in Ordnung?«, fragte er leise.

Alice stand inmitten von plattgedrückten Gänseblümchen: Sie wollte etwas sagen, konnte aber kaum die Lippen bewegen. Er steckte die Parabellum in seine Manteltasche und rieb der Kleinen die Erde von der Wange.

»Der Mann in der Scheune, der mit der Plastiktüte: Sieht der aus wie Le Guillou?«

Alice bewegte den Kopf, um die Frage zu bejahen. Sie hatte das Gesicht nicht gesehen, aber der Körperbau war ganz derselbe. Sie war kurz vorm Losheulen.

»Gut«, sagte er, um sie zu beruhigen. »Setz dich ins Trockene, gleich vorne beim Tor, und sag mir, wenn jemand kommt.«

Alice nickte.

Mc Cash übte mit schmerzverzerrter Miene Druck auf seine Hand aus und ging zur Scheune zurück – er würde sich das später ansehen. Der Lichtschalter befand sich beim Eingang. Er beugte sich zu Le Guillou vor, der halbnackt auf der festgestampften Erde lag.

An seinen Handgelenken waren noch die Spuren der Fesseln zu sehen, die ihm ins Fleisch geschnitten hatten. Das Herz schlug nicht mehr, aber der Körper war noch warm. Er war gerade erst gestorben. Hose und Unterhose waren bis zu den Knöcheln heruntergezogen: Mc Cash sah sofort die Brandwunden auf seinen Hoden. Zigaretten. Er suchte die gestampfte Erde ab, ohne Erfolg. Der Mörder hatte die Kippen, an denen sich seine DNA befinden könnte, mitgenommen.

Der Wind pfiff durch die Bretter und blies die feuchte Luft aus der Scheune. Die Untersuchung der Leiche brachte keine neuen Erkenntnisse. Le Guillous Taschen waren leer. Wahrscheinlich hatte man ihn völlig überraschend aus dem Haus geholt … Mc Cash hob das blutverschmierte Messer auf, das ihm in die Hand geschnitten hatte. Marke Kershaw. Eine gewöhnliche Klinge mit außergewöhnlicher Schneide, so scharf wie ein Rasiermesser. Eine Kriegswaffe, wie die Parabellum-Pistole.

Er nahm auch das Handy an sich, das er im Trenchcoat des Killers gefunden hatte, und klickte sich durch die Dateiordner. Es gab keine Nachrichten, und im Adressbuch standen keine Nummern. Nur die des letzten Anrufs – bei einem anderen Handy …

Up in heaven

DER BMW WIRBELTE im Vorbeifahren das trockene Laub in den Gräben auf. Alice hatte keinen Mucks mehr getan, seit sie das Haus von Le Guillou verlassen hatten. Sie folgte bereitwillig wie ein Automat, starr vor Angst und weil der Abend schon empfindlich klamm und kalt war.

Mc Cash fuhr schnell. Die verletzte Hand quälte ihn sehr, ihm war schon etwas schummrig, aber sie mussten raus aus diesem Wespennest – und zwar schnell. Er hatte das Messer, die Mistgabel, die Parabellum und die Leiche des Killers in den Fluss geworfen, dann mit dem Spaten die gestampfte Erde abgetragen, überall dort, wo sie Blutspuren, Fingernägel, Hautreste oder Haare enthalten könnte, aber es konnte immer noch Spuren geben. Mit einer Spezialeinheit könnte Ledu DNA-Spuren finden, Beweismittel …

Der Einäugige hatte sich im Haus von Le Guillou nur flüchtig umgesehen – für eine richtige Durchsuchung war keine Zeit mehr gewesen, außerdem hatte man das unglückliche Opfer vor seinem Tod gefoltert:

Wahrscheinlich hatte der Mörder schon alles gründlich durchsucht …

Mc Cash wurde von Autoscheinwerfern geblendet. Alice saß auf dem Vordersitz, bleich wie die Wand. Sie sah den Toten wieder vor sich, den Kopf in der Plastiktüte, die Hosen heruntergelassen, und wusste nicht, was sie denken sollte.

»Hältst du durch?«

»Ja«, antwortete sie.

Ihr Kinn zitterte.

»Tut mir leid, aber ich muss dich das fragen«, sagte er. »Der Mann, den du an besagtem Abend bei Le Guillou gesehen hast, der mit dem Geländewagen mit den getönten Scheiben und der Kleinen im Mantel: Sah der aus wie der Kerl am Tor?«

»Nein«, sagte sie leise. »Er sah dem in der Scheune ähnlich …«

Alice hatte das Gesicht des Toten gesehen. Vielleicht war sie ja sogar bei dem Kampf dabeigewesen … Das mochte er sich gar nicht ausmalen. Immer wieder sah er in den Rückspiegel, als sie nach Montfort hineinfuhren, doch offenbar folgte ihnen niemand. Sie fuhren am neuen Industriezentrum vorbei, das sich bis zum Grundstück der Plabennecs erstreckte. Alice wirkte verloren.

»Sind sie zu Hause, die Plabennecs?«, fragte er.

»Ja, sie haben Urlaub.«

»Gut, dann setz ich dich dort ab … Ich kümmere mich um Le Guillou, und du hältst bitte schön den Mund:

Kein Sterbenswörtchen über das, was du gesehen hast, zu niemandem, verstanden?«

Alice murmelte ein Ja, das vom Brummen des V-8 übertönt wurde.

»Und deiner Pflegefamilie musst du irgendeinen Bären aufbinden«, setzte er hinzu.

»Das wär nicht das erste Mal«, murmelte sie.

Er drehte sich zu ihr um und sah, wie blass sie um die Nase geworden war.

»Schaffst du das?«

Wieder nickte sie tapfer. Mc Cash geriet ins Grübeln. Er hatte die Killer mitten bei der Arbeit gestört, sie hätten ihm fast die Kehle durchgeschnitten, und ihm war noch ganz flau bei der Vorstellung, was mit Alice passiert wäre, wenn dieses Dreckschwein sein Vorhaben verwirklicht hätte, wenn sein Komplize hätte fliehen können. Aber der Killer hatte auch Alice vor der Scheune stehen sehen ... der BMW hielt am Straßenrand hinter einer Reihe verkrüppelter Bäume, die das Grundstück säumten.

»Hier«, sagte er und streckte ihr ein vollgekritzeltes Stück Papier hin, »da hast du meine Handynummer. Wenn es ein Problem gibt, rufst du mich an, aber geh vorerst nicht mehr aus dem Haus, bis ich es dir sage. Sag, du seist krank oder sonst was. Wenn es so weit ist, hörst du von mir. Vergiss nicht deine Sporttasche ...«

Sie lag auf der Rückbank.

»Und was machen Sie?«

»Jetzt verarzte ich erst mal diese Hand hier, und

dann reise ich bis ans andere Ende der Welt, an einen Ort, an dem es keine Kinder gibt, und da lasse ich es mir dann gut gehen«, antwortete der Einäugige.

Aber Alice hatte gerade gar keinen Sinn für Ironie.

»Bleib zu Hause«, sagte er wieder. »Ich muss mich erst wieder auf die Reihe kriegen. Das blutet ziemlich heftig. Na los, hau schon ab …«

Sie sah, wie seine Hand das Taschentuchknäuel umklammerte, das Steuer war schon ganz klebrig. Mit einem Blick wie ein trauriges Kätzchen öffnete sie die Autotür, und zum ersten Mal erinnerte sie ihn an ihre Mutter.

»Und mach dir keinen Kopf wegen dem, was da gerade passiert ist«, setzte Mc Cash hinzu. »Du kannst nichts dafür, und du hast nichts gesehen, verstanden?«

Alice nickte, die Sporttasche über der Schulter. Der Schlamm auf dem Gehsteig war getrocknet. Sie versuchte einen letzten tröstenden Blick zu erhaschen, aber Mc Cash war schon weggedüst, in einer stinkenden Abgaswolke als Abschiedsgruß. Ihm tropfte schon das Blut auf die Hose, und jetzt war nicht der rechte Moment, um aus den Latschen zu kippen.

*

»BULTEAU? HIER SPRICHT Mc Cash.«

»Na so was!«, dröhnte es durchs Telefon. »Alter Knabe, wie geht's dir?«

»Na ja, ich wurde mit sechzehn Stichen an der Hand

genäht und habe hier eine Handynummer, die auf der Roten Liste steht: Ich wüsste gerne, wem die gehört.«

Bulteau lachte hämisch. Die beiden Männer hatten sich in Paris kennengelernt, bei der Brigade zur Kriminalitätsbekämpfung. Bulteau war Spezialist in Abhörtechnik, Telefonterror und diversen Spionagetechniken und wusste, dass beim Einäugigen immer alles drunter und drüber ging.

»Ich dachte, du hast gekündigt«, sagte er.

»Dachte ich auch. Hast du was zum Schreiben?«

»Hast du ein Rechtshilfeersuchen? Eine Anfrage vom Staatsanwalt? Einen Schrieb von deiner Mama?«

»Hab ich nicht, und das weißt du ganz genau.«

»Immer noch so charmant wie früher. Ich möchte dich daran erinnern, dass heute Weihnachten ist und alle Dienststellen unterbesetzt sind.«

»Hör auf mit dem Gejammer, altes Haus, das sind keine drei Telefonate. Also, mir bleibt nicht mehr viel Zeit. Hilfst du mir jetzt oder nicht?«

»Na hör mal! Anraunzen brauchst du mich nicht!«

Mc Cash nannte ihm die Nummer, die auf dem Motorola angezeigt wurde, und legte auf.

Wieder fielen ein paar vereinzelte Schneeflocken, so spärlich wie die Liebe in seinem Leben.

Mc Cash kam gerade vom diensthabenden Arzt zurück, einer Frau, die ihm seine verletzte Hand wieder zusammengeflickt hatte und seiner Geschichte von wegen Gartenunfall Glauben schenkte. Offenbar war es ein Wunder, dass keine Sehne durchtrennt war, denn wenn eine schwer verletzt worden wäre, hätte man eine Operation ins Auge fassen müssen. Außerdem hatte sie ihm gleich zwei Spritzen verpasst, seine Impfungen stammten nämlich noch vom vorigen Jahrhundert.

Mittlerweile steckte er ganz schön in der Patsche, schließlich marschierten Kerle mit Kriegswaffen hier durch die Gegend.

Dann hatte Alice also die Wahrheit gesagt.

Ein Grund mehr, dass sie von der Bildfläche verschwand.

*

»KÖNNEN SIE DAS noch mal wiederholen?«

Saholy riss ihre Schießscharten auf, dunkle Schlitze unter dichter Mähne, und hatte sichtlich Mühe, das Gehörte zu verkraften. Mc Cash hatte sie zu Hause angetroffen, die Hände in einer Schüssel mit lauwarmem Reis, den sie zu Sushirollen verarbeitete.

»Ich habe den Killer wohl mitten bei der Arbeit gestört«, sagte er.

Jetzt fiel Saholy seine verbundene Hand auf.

»Stammt die Verletzung daher?«

»Er hatte ein Messer.«

»Sie sagten, er hatte einen Revolver.«

»Das auch.«

Bei der Erinnerung daran fühlte er sich wie ein Wolf, der an seiner Pfote nagt.

»Woher wollen Sie wissen, dass er ein Killer ist?«, fragte sie.

»Er trug Waffen bei sich, wie sie nur Profis benutzen: ehemalige Soldaten, Mitglieder der Fremdenlegion, Auftragskiller ...«

»Warum haben Sie ihn in den Fluss geworfen?«

»Weil er tot war.«

»Wollen Sie mich auf den Arm nehmen?«

»Hören Sie«, sagte er und starrte sie unverwandt aus seinem Auge an: »Alice und ich, wir waren Zeugen in einem Mordfall, aber aus verschiedenen Gründen hat Ledu keinerlei Vertrauen in unsere Zeugenaussage. Er wäre sogar überglücklich, wenn er mir einen Doppelmord anhängen könnte. Ich brauche Ihre Hilfe.«

Saholy, die ein hautenges apfelgrünes T-Shirt trug, seufzte. Dieser Mensch, den sie fast überhaupt nicht kannte, tauchte hier am Weihnachtstag bei ihr auf, um ihr Enthüllungen über Alice zu machen, und kehrte am Abend wieder zurück, um ihr irgendwelche Geschichten von einer Entführung, Morden und Serienkillern aufzutischen ... Entweder sagte Mc Cash die Wahrheit, dann musste er unglaublich einsam sein, wenn er ausgerechnet sie um Hilfe bat, oder er log und war ziemlich krank.

»Sie müssen sich um Alice kümmern«, sagte er, »und zwar so lange, bis ich den Fall aufgeklärt habe. Der Kerl, der mich in der Scheune angegriffen hat, war nicht allein, er hatte einen Komplizen, der sich noch immer in der Gegend herumtreibt, und er hat mich mit Alice gesehen.«

»Wollen Sie damit sagen, Ihr Killer auf der Flucht könnte Alice etwas antun wollen?«

»Vielleicht. Das Risiko will ich nicht eingehen.«

Saholy kniff die Augen zusammen, als peitschte ihr ein heftiger Wind ins Gesicht.

»Und nach allem, was dieses Mädchen erlebt hat, und obwohl sie sich in einer so bedrohlichen Lage befindet, bringen Sie sie einfach zu den Plabennecs zurück, statt die Gendarmen zu rufen? Die hätten das Mädchen wenigstens unter Polizeischutz gestellt. Ja, sind Sie denn völlig bescheuert oder was?«

»Der Mörder kennt zwar meine Augenbinde, aber es ist nicht anzunehmen, dass er weiß, wer das Mädchen in meiner Begleitung ist oder wo sie wohnt. Ledu vertraue ich überhaupt nicht, denn ich stolpere jetzt schon zum zweiten Mal über eine Leiche. Egal, ob als Zeuge oder als Verdächtiger: Er würde mich nur zu gern in Polizeigewahrsam nehmen. Mein Gott, ich bitte Sie ja nur darum, Alice für eine Weile bei sich aufzunehmen, sagen wir mal so lange, bis ich für ihre Sicherheit sorgen kann: Fahren Sie in Urlaub, egal wohin, nur weit weg von hier. Ich gebe Ihnen das nötige Geld. Können Sie eine Woche lang Urlaub nehmen?«

Saholy schüttelte ihre dunkle Mähne.

»Ich habe gerade Urlaub, das ist nicht das Problem. Sie müssen mir die Geschichte noch ein bisschen ausführlicher erzählen. Ich werde mich nicht ohne vorherige Erklärung auf den Wahnsinn eines paranoiden Ex-Bullen einlassen.«

»Sie sehen das alles ganz falsch.«

Mc Cash lehnte sich im Sofa zurück, noch immer völlig benommen.

»Was hat Le Guillou mit diesen Killern zu schaffen?«, fragte sie.

»Der Fluss, in dem man die Kleine gefunden hat, fließt am Grundstück von Le Guillou vorbei. Vielleicht hat man sie von dort hineingeworfen.«

»Haben Sie schon mal an einen Selbstmord gedacht?«

»Eine Fünfjährige bringt sich nicht um.«

»Und wenn ein Säugling die Nahrungsaufnahme verweigert, wie nennen Sie das?«

»Einen Querulanten der ersten Stunde.«

Saholy lächelte traurig. Sie brachte ihre Tage damit zu, diese Kinder aus dem Elend herauszuholen, in dem ihre Eltern sie begraben hatten, nicht jedoch damit, sie vor Menschenfressern zu beschützen.

»Also was jetzt?«, hakte Mc Cash nach. »Können Sie sich um Alice kümmern, ja oder nein?«

»Sie könnten sich da großen Ärger einhandeln.«

»Hab ich schon längst.«

»Da sehen Sie's.«

»Scheiß drauf.«

»Und was ist mit mir? Haben Sie schon mal darüber nachgedacht, in welche Gefahr ich mich damit begebe?«

»Nehmen Sie Alice zu sich, bis die Schule wieder

losgeht«, sagte er ausweichend. »Danach sehen wir weiter.«

»Sie sind lustig!«, prustete sie los. »Sie können doch nicht einfach so einer Pflegefamilie das Kind wegnehmen! Da muss man erst eine Eingabe bei …«

»Ich bin mir sicher, Sie kriegen das hin.«

»Pfft.«

Dieser Einäugige wirkte nicht gerade vertrauenerweckend, aber er hatte was, das einem ans Herz ging – er wollte die Kleine beschützen. Saholy betrachtete ihn. Mc Cash hatte schöne Haut, die gesunde Hand war lang und wohlgeformt, eine Hand, wie geschaffen, um Frauen zu streicheln. Saholy hatte auch solche Hände …

Aber der kalte Schweiß auf seiner Stirn verhieß nichts Gutes.

»Ich habe Ihnen nicht einmal einen Kaffee angeboten«, sagte sie.

Mc Cash spreizte die Finger seiner verletzten Hand, aber das erweckte den Schmerz nur zu neuem Leben.

»Vielleicht mit ein bisschen Alkohol, falls Sie welchen haben …«

»Ich habe hier nur Sake.«

»Ist ja widerlich.«

»Ich trinke keinen Alkohol.«

»Mit Ihnen ist es bestimmt nicht immer lustig.«

»Haben Sie sich selber mal angeschaut?«

»Ach was«, sagte er und sah an sich herunter, »das ist nicht mein wahrer Körper.«

Ein Lachen entschlüpfte den Schießscharten ... Eine merkwürdige Frau, dachte er bei sich, hält die Karten hinter ihren vielen Masken verdeckt.

»Mal sehen, was ich für Sie tun kann«, sagte sie und stand auf.

Mc Cash sah ihre Beine sich in die amerikanische Küche begeben, dachte an den opulenten Busen unter ihrem engen grünen T-Shirt und ließ seine Absicht wieder fahren – die Schmerzmittel setzten ihn völlig außer Gefecht. Er zog sich aufs Sofa zurück und betrachtete mit glasigem Blick das Wohnzimmer.

Minimalistischer Einrichtungsstil, modernes, ja geradezu hippes Design, eine ebenso reich bestückte wie chaotische Bibliothek – Bourdieu, Virilio, Vaneigem, Derrida –, man könnte meinen, es handle sich um das Landhaus eines Pariser Öko-Intellektuellen, statt um ein brav in Reih und Glied stehendes Haus, in dem die örtliche Sozialarbeiterin hauste.

»Was wissen Sie denn über Straßenkinder?«, fragte er sie von seinem Sofa aus.

Die Sozialarbeiterin wusste ganz genau, dass das Leben dieser Kinder nicht viel wert war. Sie ließ die italienische Kaffeemaschine auf dem Herd stehen und kehrte mit einer Sakeflasche in der Hand zurück.

»Für den Kinderhandel gibt es mehrere Möglichkeiten. Entweder sie werden schlicht und ergreifend verkauft, von den Eltern an die Händler. Oder sie werden verpfändet, das heißt, die Kinder werden für eine bestimmte Leihsumme dem Geldverleiher überlassen, und mit den Arbeiten, die sie verrichten, soll diese Summe zurückerstattet werden. Dann werden Kinder auch verschenkt, vor allem in Lateinamerika, wo sie ausgesetzt oder zur illegalen Adoption freigegeben werden. Oder sie werden entführt, von Gangs, die die Kinder in ihre Reihen aufnehmen und sie zwingen, Straftaten zu begehen. Und dann sind da noch die ganzen Umsiedler oder Flüchtlinge – das sind die schwächsten Glieder in der Kette. Man findet sie als Arbeitssklaven in geheimen Werkstätten, sie müssen sich prostituieren oder als Futter für Pornofilme herhalten, oder aber sie landen als Kleinkriminelle auf der Straße. Oder werden Opfer des Organhandels, als menschliche Ersatzteillager … Kinderhandel gehört heute zu den rentabelsten Geschäften auf dem Markt – im Unterschied zu Drogen kann man ein Kind mehrfach nutzen …« In der Kaffeemaschine sprotzte schon der fertige Kaffee, aber Saholy achtete nicht darauf. »Glauben Sie, Le Guillou ist in einen Kinderhandel verwickelt?«

»Ja … aber er ist nicht allein.«

Das Schweigen dauerte eine gefühlte Ewigkeit.

»Na gut«, seufzte sie schließlich, »was Alice angeht, ich hätte da eine Idee, wo sie hinkönnte … Eine Freundin von mir hat eine Hütte in den Bergen. Im Jura. Ich könnte sie anrufen.«

»Super«, sagte er tonlos. »Könnten Sie gleich morgen früh aufbrechen?«

»Das müssen wir sehen.«

Über kurz oder lang würden die Gendarmen Le

Guillous Leiche finden, einmal ganz abgesehen von der des Mannes, den er in den Fluss geworfen hatte …

»Und die Plabennecs müsste man von ihrer Aufgabe entbinden«, sagte er.

»Ich werde sie anrufen. Ich selbst habe Alice bei ihnen untergebracht. Sie werden keine Probleme machen.«

Die Farbige hatte ganz offensichtlich einen Hintergedanken. Sie schwiegen wieder, ein Schweigen, das vom Wind draußen kaum gestört wurde. Es war spät, mindestens acht Uhr, die Schneeflocken tanzten hinter den Fensterscheiben wie die Lampions auf einem Volksfest, der Wolf mit der zernagten Pfote hatte sich zu seiner Cousine, der Wölfin, geflüchtet.

»Es wäre völlig unsinnig, wenn Sie jetzt noch nach Hause fahren würden. Unsinnig und gefährlich.«

Sie wandte sich wieder dem Teller mit rohem Fisch zu, der auf dem amerikanischen Tresen wartete. »Wollen Sie zum Abendessen bleiben?«

»Das ist nett«, sagte er mit sanfter Stimme, »aber ich glaube, das Morphin hat mir den Appetit verdorben.«

Die Farbige zog ihr enges grünes T-Shirt aus.

»Den Appetit? Bist du dir sicher?«

Lost in the supermarket

WENN DER VERLORENSTE aller Tage der ist, an dem man nicht gelacht hat, so folgt ihm gleich der, an dem man keinen Sex hatte. Solche Sachen dachte Saholy, auch wenn sie die meiste Zeit als Single lebte, da ihr Lebensmotto lautete: Besser allein als in schlechter Gesellschaft.

Sie gab niemandem die Schuld daran, weder Frauen noch Männern, zumal Letztere in ihrem Leben eher wenig zu suchen hatten. Das Exemplar, das an jenem Abend in ihrem Bett lag, hatte nur ein Auge und eine funktionierende Hand, aber die war groß, sanft und, wie sie es erwartet hatte, ziemlich erfahren. Ein leidenschaftliches Exemplar, das war immerhin etwas. Um ehrlich zu sein, Saholy hatte sich nicht sehr überwinden müssen.

Sie hatten gleich Vollgas gegeben, und nun lag sie auf dem Rücken, die Haut der Mulattin schimmerte im Licht der Nachttischlampe – ein Konstrukt aus original japanischem Papier und einem metallenen Gestänge, das sie im ausrangierten Krempel der Scheune gefunden hatte. Mc Cash hatte das, was sie gerade miteinander erlebt hatten, sehr genossen, ihren Geruch, ihre Leidenschaft, einfach alles. Nach dem verflixten Tag, den er hinter sich hatte, war es, als stünde die Welt auf dem Kopf – in dem Fall auf dem Satinlaken ihres großen Bettes. Nach dem Augenblick der Ekstase – letztlich der einzige, in dem er Frieden fand – kehrte er sehr unsanft in die Realität zurück: Seine verletzte Hand bereitete ihm stechende Schmerzen, und er hatte einen üblen Morphingeschmack im Mund.

Er zog an dem Joint, den sie gedreht hatte. Saholy sagte, sie habe Carole, die ein kleines Haus auf dem Land gemietet hatte, nicht besonders gut gekannt; sie hätten sich vor allem gegen Ende ihrer Krankheit gesehen, als die Sozialarbeiterin sich bei den Einrichtungen, die Alice aufnehmen könnten, um Kontakte bemüht hatte. Es war ihr Beruf, dem Elend der Welt einen Schätzwert beizumessen, ihm ein geläufiges Etikett aufzudrücken und alles in ihrer Möglichkeit Stehende zu tun, um die Kinder vor dem Heim zu bewahren, das Ganze zum Gewerkschaftstarif, mit anderen Worten zum gesetzlichen Mindestlohn.

»Aber Alice ist ein Sonderfall«, setzte sie hinzu, »eine mutierende Abart der Sorglosigkeit.«

»Das heißt?«

Saholy nahm einen Zug von seinem Joint und reichte ihn wieder zurück.

»Carole war vierzig, als sie schwanger wurde. Sie arbeitete als Bedienung in einer Bar in Rennes, aber es war an der Zeit, sich aus dem Nachtleben zurückzuziehen. Sie nutzte die Geburt von Alice, um sich ein neues Leben aufzubauen: Sie ließ sich auf dem Land nieder und fing an, die Märkte abzuklappern und ihr Geld mit dem Verkauf von Trödel zu verdienen. Kurz und gut, sie hatte alle Brücken zu ihrem alten Leben abgebrochen. Sie war auf ihre Art eine Einzelkämpferin.«

Mc Cash nickte – ein feine Truppe waren sie …

»Und ihre Familie, ihre Freunde? Wollte sich denn keiner um Alice kümmern?«

»Ihre Familie, das waren lauter Spinner, und ihre Freunde hatten auf ›nicht erreichbar‹ umgeschaltet. Wenn ihre Mutter gerade mal wieder im Krankenhaus war, hat Alice eine Weile bei einer Freundin genächtigt, aber auf lange Sicht war die Situation untragbar. Und der Vater hatte sich wohl einfach aus dem Staub gemacht.«

Sie sah ihn schräg von der Seite an:

»Und du? Hast du Kinder?«

»Ich, pff …«

Er wusste überhaupt nicht mehr, was bei ihm eigentlich Sache war.

*

EINE EULE FLOG in selbstmörderischer Absicht durch das Scheinwerferlicht des BMW. Es war drei Uhr morgens, als Mc Cash neben dem Heim in Talensac parkte. Er hatte gerade erst Saholys Bett verlassen, und plötzlich fehlte ihm die Wärme ihres Körpers. Er stieg aus dem Auto, und schon wurde es noch schlimmer.

Schwarze Wolken hatten sich flächendeckend vor den Horizont geschoben. Blind ging er durch den Wald, stolperte über Wurzeln und blieb an Zweigen hängen, die er trotz seiner Taschenlampe kaum erkennen konnte. Die Kälte biss ihm in die Wangen, ohne seine verletzte Hand zu betäuben, und die Morphintabletten machten ihn ganz benommen, wobei er ein merkwürdiges Kribbeln in den Fingerspitzen verspürte.

Laut Aussage der Sozialarbeiterin hatte Le Guillou seine Karriere als Erzieher von Straßenkindern begonnen und im Ausland gearbeitet. Wenn die Killer ihn gefoltert hatten, hieß das, dass sie nach etwas suchten. Sie hatten das Bauernhaus durchsucht, vielleicht waren sie noch nicht in seinem Büro gewesen. Das war die einzige Fährte, aber sein Instinkt sagte ihm, dass es die richtige war … Er bahnte sich mehr schlecht als recht einen Weg durch die nackten Laubbäume und die vom Schnee beschwerten Tannen, bevor er am Waldrand stehen blieb: Auf der anderen Seite des Zauns erhob sich das Hauptgebäude.

Sehr hoch war der Zaun nicht, aber als er sich mühte, einhändig darüberzuklettern, entfuhren ihm erstickte Flüche. Er ließ sich auf der anderen Seite auf die verschneite Wiese fallen und versteckte sich hinter den Rutschen. Es gab kein Licht, nur die Begrenzungslichter vom Parkplatz und die Beleuchtung im Nachtwächterhäuschen neben der Eingangshalle. Soweit er sich erinnern konnte, gab es keine Überwachungskameras, und die Verwaltungsbüros lagen auf der linken Seite im Erdgeschoss.

Mc Cash überquerte die Wiese in geduckter Haltung. Die Geräusche der Nacht begleiteten ihn zum ersten Fenster. Die Jahre bei der IRA und die vielen illegalen Polizeioperationen hatten ihn zu einem Mann gemacht, der durch die Wand geht: Das Fenster ließ sich nahezu geräuschlos öffnen.

Die Kinder schliefen im Flügel auf der anderen Seite, und die ständigen Weihnachtsessen hatten den Nachtwächter wahrscheinlich wegdösen lassen. Der Ire steckte sein kleines Brecheisen weg, zog ein paar Plastikhandschuhe über, dann hievte er sich zum Fensterbrett hinauf und schlüpfte ins Innere des Gebäudes. Im Büro stapelten sich die Papierberge, es gab ein etwas älteres Computermodell und gerahmte Kinderfotos, auf denen alle in die Kamera lächelten. Le Guillou war Junggeselle. Mc Cash folgte dem Strahl seiner Taschenlampe und fand das Büro am Ende des Ganges.

Von den Fetischen einmal abgesehen, machte es einen ganz gewöhnlichen Eindruck. Er fing an, die laufenden Akten durchzugehen, lauter Beratungskauderwelsch, wie es für psychosoziale Einrichtungen typisch ist, und legte sie schnell wieder beiseite. Er durchwühlte die mit Papierkram und Bürobedarf vollgestopften Schubladen, warf einen Blick auf die Rechnungen und Aktenmappen und stellte kurz darauf fest, dass die unterste Schublade verschlossen war. Na so was … Im Heim war es mucksmäuschenstill, man hörte nur den Wind in den Bäumen rauschen. Unter dem Druck seines Taschenmessers gab die Schublade nach.

Sie enthielt verschiedene amtliche Papiere, die allesamt frühere Auslandseinsätze betrafen, vor allem in Rumänien. Le Guillou hatte ganz offensichtlich im Hinblick auf den zukünftigen Beitritt als Entwicklungshelfer gearbeitet, und zwar in Zusammenarbeit mit den Waisenhäusern von Bukarest.

Der Stempel trug das Bild von »Hope and Faith«, einer karitativen Nichtregierungsorganisation … Mc Cash schaltete den Computer ein, der auf dem Schreibtisch stand.

Er klickte die Icons durch, durchsuchte die Dateien. Was in den Unterlagen stand, war etwa so erschütternd wie die Bekenntnisse eines Kieselsteins, also sah er sich den E-Mail-Posteingang an. Auch dort bestand alles vorwiegend aus Verwaltungskram. Die letzte Nachricht stammte vom 24., das heißt vom Tag vor Le Guillous Tod, der Absender war das Vormundschaftsministerium. Alles nur Alltagskram. Mc Cash nutzte die Gelegenheit und suchte nach Informationen über »Hope and Faith«.

Den Informationsquellen im Internet entnahm er, dass es sich um eine katholisch geprägte Organisation handelte, die sich zum Ziel gesetzt hatte, Flüchtlingskinder, Waisen oder Opfer ethnischer Konflikte aus den Balkanregionen und den ehemaligen Ostblockländern aufzunehmen. »Hope and Faith« arbeitete ebenso mit Regierungen wie mit internationalen Institutionen vom Typ NATO zusammen, während sie gleichzeitig mit privaten Einrichtungen kooperierte – Versorgung mit medizinischem Material, Nahrung, Kleidung, Sicherheitspersonal ... 2001 erschütterte ein Skandal das reibungslose Funktionieren des Ganzen, als eine Unterschlagung von Geldern ans Tageslicht kam: Über eine Million Dollar hatten sich über Scheinfirmen in Luft aufgelöst, undurchdringliche Geldgeschäfte, die wahrscheinlich mit den Mafiaorganisationen des Ostens in Verbindung standen ... Die in Misskredit geratene Organisation »Hope and Faith« hatte seither ihre Aktivitäten heruntergeschraubt, aber in Montenegro, Rumänien und der Ukraine führte die NGO weiter ein Schattendasein ...

Mc Cash schaltete den Computer aus – das Puzzle begann langsam, Gestalt anzunehmen. Da er in der Eingangshalle keinerlei Bewegung wahrnehmen konnte, sah er sich die Akten an, die in den Regalen standen, auf der Suche nach einem Versteck, einem Safe – ohne Ergebnis. Er ging auf die Knie und leuchtete mit der Taschenlampe unter den Schreibtisch und sah, dass jemand einen Kraftpapierumschlag mit Tesa unter der Platte festgeklebt hatte.

Er schnitt ihn mit dem Taschenmesser los und leerte den Inhalt auf die Schreibunterlage.

Es befand sich Bargeld darin, Dollars, die er schnell durchzählte – etwa zwanzigtausend. Außerdem ein Flugticket, ein einfacher Flug nach St. Martin in den

Antillen, Businessclass. Planmäßige Abflugzeit: 25. Dezember, 19:10 Uhr, Flughafen Charles-de-Gaulle, also ein paar Stunden nach seiner Ermordung.

Von Kälteschauern geschüttelt, warf Mc Cash das Flugticket und den Umschlag in eine der Schubladen zurück und verließ geräuschlos das Büro. Der Schnee draußen war vereist und glänzte schillernd im Licht des Mondes, der wieder aufgetaucht war.

Er trat in die eigenen Fußstapfen, Spuren eines Wolfes auf dem Kinderspielplatz.

*

SAHOLY HATTE DIE Fäuste im Schlaf geschlossen, sie hielt ein Stück Laken umklammert, als wollte sie ihm den Hals umdrehen. War dies der unbewusste Ausdruck ihres ängstlichen Charakters oder eine Japonaiserie à la Mishima? Mit seiner gesunden Hand streichelte Mc Cash die Brust unter dem Laken, sanft, aber fest, und verharrte in ekstatischer Versunkenheit …

»Wie eine Katze, die sich auf der Decke niederlässt«, sagte sie, ohne die Augen aufzuschlagen.

Halleluja.

»Es ist Viertel nach sechs«, sagte er.

»Scheiße.«

Der Einäugige hielt mit dem Streicheln inne.

»Möchtest du einen Kaffee?«

»Ich muss meine Tasche packen.«

»Wo ist die Kaffeedose?«

»Die Blechbüchse. Im Kühlschrank …«

Saholy schlug die Augen auf, doch aus dem düsteren Schein, der durch ihre Schießscharten drang, schloss Mc Cash, dass ihrer Liebesnacht kein langes Leben mehr beschieden war.

Sie ging unter die Dusche. Mc Cash setzte sich aufs Bett, plötzlich recht niedergeschlagen, und lauschte dem Geplätscher aus dem Badezimmer.

Saholy hatte am Vorabend ihre Freundin Dorothée angerufen, die sich schnell überreden ließ, ihr die Hütte im Jura zu leihen – in einem abgelegenen Dorf in einem Tal, in dem sie niemand suchen würde, wie sie sagte. Danach hatte die Sozialarbeiterin die Plabennecs kontaktiert und davon überzeugt, Alice' Freistellung von der Pflege zu unterzeichnen. Saholy sollte am nächsten Tag ab acht Uhr bei ihnen vorbeischauen und das Mädchen abholen. Mc Cash hatte zwar nur eine Verbündete, aber die arbeitete sehr effizient.

Schon bald tauchte die Mulattin mit einem Handtuch um die Hüften wieder auf.

»Und?«, sagte sie und durchwühlte ihre Schublade nach einer Unterhose. »Wie ist es gelaufen?«

Er erzählte ihr von seinem nächtlichen Streifzug, während sie ihre Sachen in die Reisetasche stopfte. In der Küche tranken sie eine Tasse Kaffee zusammen. Saholy wusste auch nicht so recht, was sie davon halten sollte: Das Mädchen, das Mc Cash aus dem Fluss gefischt hatte, hatte schwarzes Haar und die für Roma typischen Gesichtszüge, was zur rumänischen Fährte passen könnte. Straßenkinder sind auf dem Markt nicht viel wert, und die aus dem Osten noch weniger als andere: Le Guillou hatte vielleicht immer noch Kontakte in Bukarest und konnte so einen Ring aufbauen, über die Waisenhäuser oder verlassenen Kinder.

»Glaubst du, Le Guillou hat als Zwischenhändler gedient?«

»Ja«, sagte er.

»Für wen hat er gearbeitet? Einen Perversen? Ein pädophiles Netz?«

Er zuckte mit den Schultern.

»Vielleicht.«

»Du wirkst nicht überzeugt.«

»›Hope and Faith‹, die NGO, für die Le Guillou in den Neunzigerjahren gearbeitet hat, war offensichtlich von mafiösen Gruppen unterwandert«, sagte er. »Le Guillou hatte möglicherweise auch zu denen Kontakte. Die Kriegswaffen, mit denen sie unterwegs waren, die Methoden, das alles lässt darauf schließen, dass es sich um Profikiller handelt. Der Kerl hatte einen slawischen Akzent. Im Auftrag von ›Hope and Faith‹ waren einige Sicherheitsfirmen beschäftigt, in dieser Art von Job gibt es viele Fremdenlegionäre und ehemalige Soldaten. Vielleicht haben sie für illegalen Menschenhandel Geld kassiert oder einfach nur ihren Job gemacht …«

Der Kaffee schmeckte ziemlich bitter.

»Falls Le Guillou den Ring organisiert hat«, fuhr Saholy fort, »warum haben seine Männer sich dann gegen ihn gestellt?«

»Weil er nicht der Auftraggeber war, sondern nur ein Mittelsmann«, antwortete der Ex-Polizist, »nur ein Mittelsmann …«

Genau.

Saholy fühlte sich allmählich gar nicht mehr wohl mit dieser Sache. Zu Anfang war ihr kleines Liebesabenteuer ja noch irgendwie lustig gewesen, aber jetzt kam Sturmwind auf, und sie hatte keine Lust mitanzusehen, wie das Gewitter losbrach. Große Hände hin oder her, der Kerl machte ihr eine Scheißangst.

Mc Cash blies auf seinen Kaffee, während sie ihre Sachen weiter zusammenpackte.

Le Guillou hatte fliehen wollen: Das Flugticket, das er in seinem Schreibtisch gefunden hatte, war für St. Martin, eine Insel der Antillen, die für ihre Zollfreiheit, Drogenhandel und Geldwäscherei bekannt war. Das Seltsame an diesem Coup, den man wahrscheinlich von langer Hand vorbereitet hatte, war die Tatsache, dass das Ticket ein reguläres Linienflugticket war, für das man den vollen Preis bezahlt hatte. Er hatte es also im letzten Moment gekauft. Diese kleine Reise auf die Antillen war folglich nicht geplant gewesen. Außerdem war im Heim niemand von seiner bevorstehenden Abreise unterrichtet worden. Le Guillou war auf der Flucht, vor etwas – oder vor jemandem? In dem Kraftpapierumschlag waren nur ungefähr zwanzigtausend Dollar, damit konnte man sich keine neue Zukunft kaufen, nicht einmal im Ausverkauf …

Es sei denn, Le Guillou hatte noch ein anderes Versteck … oder erwartete eine größere Summe.

Oder er hatte eine solche bereits erhalten, und jemand hatte keine Lust gehabt, mit ihm zu teilen.

Wie auch immer es gewesen sein mochte, Le Guillou war nur eine Ratte unter Hyänen.

»Was wirst du unterdessen anstellen?«, fragte Saholy und warf ihre Tasche in den Eingangsflur. »Wirst du etwa die Killer einen nach dem anderen in den Meu werfen oder die rumänische Fährte zurückverfolgen und den Leuten im Osten Feuer unterm Arsch machen, damit sie lernen, dass sie ihre Waisenkinder nicht im Supermarkt verkaufen dürfen?«

»Bring einfach nur Alice in Sicherheit«, sagte er.

In dem Moment klingelte das Handy in seiner Jackentasche, irgendwo im Wohnzimmer. Er fand es gerade noch rechtzeitig. Bulteau war dran.

Sein Polizistenfreund hatte nichts von seiner Effizienz eingebüßt: Die Mobiltelefonnummer, die er ihm am Vortag gegeben hatte, war die Privatnummer von Alain Blanckaert, einem jungen Industriellen, der zunächst im Holzhandel ein Vermögen erworben und seinen Wirkungskreis dann auf den öffentlichen Bausektor ausgedehnt hatte – in der letzten Ausgabe der Zeitschrift *Valeurs actuelles* war ein Porträt von ihm abgebildet. Weitere Informationen: Der Geschäftssitz der Gesellschaft lag in Seine-Saint-Denis und sein Wohnsitz in Paris, im 15. Arrondissement.

Der Einäugige sah nur noch ganz verschwommen …

Auf den ersten Blick gab es keine Verbindung zu den Söldnern aus Osteuropa …

»Hat er heute Morgen angerufen? Hat man ihn orten können?«

»Oh! Du glaubst hoffentlich nicht, dass ich ihn um einen Einzelverbindungsnachweis gebeten habe«, spottete Bulteau am anderen Ende der Leitung. »Ich möchte dich daran erinnern, dass man ein bewilligtes Rechtshilfeersuchen braucht, wenn man ein Telefon abhören will. Es war schon recht konziliant von meinem Kontaktmann, mir diese Hinweise zu liefern, auf illegale Weise, denk dran! Du wirst jetzt so freundlich sein, dich damit zu begnügen und vor allem den Mund zu halten, was die Herkunft anbelangt: In dieser Angelegenheit decke ich dich nicht, verstanden?«

»Ja.«

Mc Cash legte auf und vergaß, sich zu bedanken.

Saholy hatte ihre Reisetasche schon geschultert.

»Warum ziehst du so ein Gesicht?«, fragte sie.

»Blanckaert, kennst du den?«

»Nein, wer ist das?«

»Ein Typ, der im öffentlichen Bausektor Geschäfte tätigt.«

Sie schüttelte ihre dunkle Mähne.

»Ich kenne nur Tunten.«

Von ihren Schießscharten rollten behauene Steine – ihre Art zu lachen.

Ivan meets GI Joe

GAÉTANE UND FRANÇOIS Plabennec konnten keine Kinder bekommen, zumindest nicht gemeinsam. Da sie überzeugte Katholiken waren und auf medizinischem Wege nichts zu erreichen war, hatten sie sich entschlossen, eine Pflegefamilie zu werden. Dieser Akt der Wohltätigkeit sollte ihre Form der Trauer sein.

Alice war das dritte Mädchen, das bei ihnen wohnte. Sie lebten am Rande einer Siedlung in einem Lemoult-Bernard-Einfamilienhaus aus den Siebzigerjahren. Das Industriegebiet erstreckte sich mittlerweile schon bis zu den umliegenden Feldern, in der Nachbarschaft gab es ein halbes Dutzend leerstehender Häuser mit verrammelter Fassade und ein freistehendes Haus mit geschlossenen Fensterläden, dessen trauriges Ziegeldach man hinter der Hecke erahnen konnte. Saholy parkte ihren Clio etwa zwanzig Meter davon entfernt.

Es war noch dunkel. Mc Cash beugte sich vor, um sich das Einfamilienhäuschen der Plabennecs genau anzusehen, und sah nichts als Zypressen.

»Sag mal, du hast mir immer noch nicht gesagt, was

du den Plabennecs erzählt hast, damit sie dir Alice überlassen ...«

»Das geht dich nichts an.« Saholy zog den Reißverschluss ihres langen, schwarzen und taillierten Mantels zu und öffnete die Autotür: »Bis gleich.«

Mc Cash sah sie davoneilen, eine Staubwolke hinter sich herziehend.

Acht Uhr morgens. Der Ire zündete sich eine Zigarette an und rauchte in der Hoffnung auf Erleuchtung. Er ließ sich ein paar Lügengeschichten einfallen, die er für überzeugend hielt, dann rief er bei der Hauptgeschäftsstelle von Alain Blanckaert in Seine-Saint-Denis an.

Laut einer der Führungsassistentinnen, die er schließlich erreichte, war der Big Boss über die Weihnachtsfeiertage ins Ausland gereist. Wohin ins Ausland, hatte sie ihm nicht verraten. Sie fragte noch einmal nach seinem Namen, aber er legte einfach auf. Dann führte er, immer noch schlechter Laune, weitere Telefongespräche und behielt dabei stets die Tür der Plabennecs im Auge ... Es war zehn nach acht, was zum Teufel machten sie bloß ...

Mc Cash hatte nicht die geringste Idee, was ein Geschäftsmann wie Blanckaert mit Kinderhändlern zu schaffen haben könnte. Er nutzte sein altes Netzwerk, um Nachforschungen zu den Flügen ins Ausland anzustellen (Pascale meinte, er könne sie mal gernhaben, aber Sonia freute sich, ihm helfen zu können), dann weckte er seinen alten Freund Sean, der ihn erst einen *fucking one-eyed bastard* schimpfte und ihn dann, als er begriff, dass er bald nach Paris kommen würde, fragte: »Aus geschäftlichen Gründen?«

»Ich brauche einen Pass. Ist das machbar?«

»*Bullshit.*«

Acht Uhr einundzwanzig. Über den Dächern brach ein bleicher Morgen an. Die Zeit wurde ihm lang, also rief er Saholy an. Ihr Handy war ausgeschaltet.

Schneeflocken stoben in einer dichten Wolke durch die leere Straße. Mc Cash ging um das Einfamilienhäuschen herum.

Der Garten war eingezäunt. Er kletterte fluchend über die Absperrung und landete in den Zypressen. Es war dunkel, und man hörte keinen Laut. Er ging über die verschneite Wiese zur Garage, sah ein schwaches Licht durch die Läden vom Wohnzimmer schimmern, aber man hörte immer noch kein Gespräch. Ein eisiger Sprühregen peitschte ihm ins Gesicht, als er sich seinen Revolver Kaliber .38 schnappte. Mit gekonntem Schulterstoß öffnete er die Schiebetür im Untergeschoss und drang in den Keller ein.

Unten war es dunkel. Etwas weiter hinten wurde eine Kammer vom Schein einer Glühbirne erhellt. Der Gestank war ekelerregend. Er ging langsam weiter, lauschte auf Geräusche aus dem oberen Stockwerk, hörte etwas, das nach verstohlenen Schritten klang. Er näherte sich dem Kellerabteil und hielt den Atem an: Zwei Personen befanden sich darin, an die Wand gelehnt.

Ihre Gesichter verbargen sich unter Kapuzen, aber es handelte sich um einen Mann und eine Frau, die in

Pyjama und Nachthemd auf dem Boden saßen. Ihre Füße und Handgelenke waren mit Paketklebeband zusammengebunden. Es sah aus, als habe eine Kugel ihre Schädel zertrümmert, und die Wand war trotz der Kapuzen vollgespritzt. Mit vorgeneigtem Oberkörper lehnten sie aneinander, die Beine mit Exkrementen besudelt. Mc Cash würgte es, als er unter die Kapuzen schaute – den geknebelten Mann kannte er nicht, aber bei der Frau handelte es sich um Gaétane Plabennec, der er anderntags begegnet war. Alle beide hatte man brutal zusammengeschlagen.

Mc Cash ließ die Luft aus seiner Lunge entweichen, und damit wich auch die Angst aus ihm, von der er ganz weiche Knie bekommen hatte ... Alice ... Bloß nicht dran denken. Er verließ das Kellerabteil und ging auf leisen Sohlen zur Treppe, die nach oben führte – dort waren sie. Im Keller ging das große Licht an.

Saholy stieg die ersten Stufen hinunter, sie wurde von einem korpulenten Mann vorwärtsgeschubst, der sie bei den Haaren gepackt hielt. Sie war geknebelt, die Hände hatte man ihr auf den Rücken gebunden, und ihr angstverzerrtes Gesicht pisste Blut. Sie standen sich unmittelbar gegenüber, von Angesicht zu Angesicht. Die Mulattin wollte sofort zur Treppe stürzen, aber der Mann zog sie an sich und setzte ihr den Revolverlauf an die Schläfe. Mit Saholy als Schutzschild, stieß er ein paar Laute in seiner Sprache aus, forderte den Einäugigen auf, seine Waffe fallen zu lassen, und rief seinen Partner im ersten Stock.

Mc Cash feuerte aus nächster Nähe einen Schuss auf ihn ab, eine .38er-Kugel, die ihm den Wangenknochen durchschlug. Der Mann wurde auf die Stufen geschleudert und ließ Saholy los. Sie brach auf dem kalten Beton im Keller zusammen. Der Geruch nach Schießpulver überlagerte fast den Gestank nach Scheiße. Mc Cash kletterte auf allen vieren die Treppe hinauf, trat dabei den gesichtslosen Körper mit Füßen und gab Schüsse auf den Flur ab. Das typische Geräusch einer schallgedämpften Kugel ertönte zu seiner Linken und zerschoss die Ecke der Wand. Er sprang auf und flüchtete keuchend vor ihm auf die Toilette. Das gedämpfte Licht des Wohnzimmers erleuchtete nur schwach den Flur: Der Feind stand im Eingang. Mc Cash hatte nur noch einen Gedanken: ihn vernichten.

Ein weiterer Schuss sprengte den Gips, ein paar Zentimeter neben seiner Augenbinde.

»Komm da raus, oder ich bring das Mädchen um«, brüllte die Stimme.

Alice stand am anderen Ende des Raums und quiekte vor Angst. Mc Cash feuerte zwei Kugeln in den Türstock zur verglasten Tür des Wohnzimmers, die splitternd zerbarst, und hechtete zur Gipswand. Der Killer, der sich im Dunkeln versteckt hatte, tauchte jetzt ebenfalls aus seinem Versteck auf und lehrte sein Magazin, verfehlte aber das bewegliche Ziel, das eben an der Wand entlanggehuscht war. Mc Cash schoss durch die Gipswand, drei Kugeln, blindlings. Die erste Kugel traf den Benzinkanister, der auf dem Sessel stand und sogleich Feuer fing, die zweite traf den Mann in die Lunge, die dritte verfehlte um ein Haar seinen Hals. Von der Wucht der Kugel wurde er nach hinten geschleudert, ließ seine Waffe aber nicht los.

Beißender Rauch füllte den Flur. Als Mc Cash ins Wohnzimmer stürzte, zielte der Mann gerade auf Alice, die sich hinter dem Sofa versteckt hatte – eine zweite Kugel schlug ihm ein Loch in den Bauch. Er fiel auf den brennenden Boden, krümmte sich mit einem Röcheln.

Alice saß hinter dem Sofa und zitterte vor Angst. Mc Cash warf dem sterbenden Mann einen bösen Blick zu – das Loch in seinem Bauch zeigte, dass es keinerlei Hoffnung für ihn gab –, stieß die Smith & Wesson mit dem Fuß weg und war endlich bei der Kleinen.

Sie trug nichts als ein übergroßes T-Shirt, das einmal ihrer Mutter gehört haben dürfte, und ihr Blick war ein einziger stummer Schrei.

»Wir werden nicht hierbleiben«, sagte er sanft, um sie nicht zu erschrecken. »Du musst aufstehen.«

Alice stand viel zu sehr unter Schock, um weinen zu können, und rührte sich nicht. Sie war wie eine bleierne Puppe.

»Nun komm schon«, sagte er und nahm sie beim Arm.

Hinter ihm knisterte es und roch stark verbrannt. Das Feuer hatte die Vorhänge und die scheußlichen Tapeten erreicht. Mc Cash stellte Alice auf die Füße, ließ ihr keine Zeit zum Nachdenken und befahl ihr, sich schnell anzuziehen. Leichenblass ging das Mädchen die Treppe hinauf in sein Zimmer.

Mc Cash kauerte auf dem Teppich und durchsuchte die Taschen der Leiche. In einem Geldbeutel fand er Papiere, ausgestellt auf einen gewissen Grégoire Marcus. Mit einem Stempel des Verteidigungsministeriums …

Das Feuer im Salon griff weiter um sich – der Teppichboden und die Läufer aus Acryl wurden zu übel stinkenden Fackeln. Zu spät, sich darum zu kümmern. Die Nachbarn, die Feuerwehr, gleich würden alle anrücken. Es gab keine Sekunde mehr zu verlieren … Alice kam herunter, hatte sich eine Jeans und einen Pullover übergestreift: Mc Cash packte sie bei der Hand, holte ihren blauen Anorak vom Garderobenhaken und verschwand durch den Keller.

Der Kerl auf der Treppe sah aus wie der Mann, den er bei Le Guillou gesehen hatte, zumindest nach seiner Erinnerung. Er zwang Alice, den Blick von ihm abzuwenden … Die Kugel hatte ihm das halbe Gesicht weggeschossen.

Der Mann hatte einen ukrainischen Pass, ein Kriegsmesser, das aussah wie das, mit dem ihm die Hand aufgeschlitzt worden war, und einen Namen: Papertis … Ihr Auto dürfte irgendwo am Rand der Siedlung geparkt stehen, aber er hatte keine Zeit, sich auf die Suche zu machen. Alice war Saholy zu Hilfe geeilt, die am Fuß der Treppe lag und sich nicht rühren konnte: Tränen waren über ihr verschmiertes Gesicht gelaufen, ihr Anblick tat einem weh. Mc Cash befreite sie mit dem Taschenmesser. Von dem Sturz hatte sie Beulen am Kopf und eine üble Wunde an der Nase – das Blut war ihr in den Nacken gelaufen …

»Wir müssen abhauen«, sagte er, bevor sie auch nur ein Wort sagen konnte. »Sofort.«

*

AM HORIZONT FÄRBTE sich der Himmel weiß. Auf dem Beifahrersitz des Clio saß Saholy und hatte Mühe, wieder zu sich zu kommen.

»Du hättest mich töten können vorhin«, sagte sie.

Das Projektil hatte sie gestreift.

»Diese Kerle sind vom Militär«, sagte er, »das sind Berufskiller. Er hätte mich sofort getötet und dir dann eine Kugel in den Kopf geschossen.«

»Wie kannst du dir da so sicher sein?«

»Sollen wir die Plabennecs fragen?«

Diese Worte ließen sie vorerst verstummen.

Der Clio schickte Garben grauen Regenwassers in den Himmel. Sie düsten über die aufgeweichte vierspurige Straße, meist auf der Spur links außen, und wichen den Lastwagen aus. Der Verkehr war dicht, Saholy blutete den Autositz voll und hielt sich ein Taschentuch vor die Nase. Sie mussten sie zu einem Arzt bringen – wahrscheinlich war das Nasenbein gebrochen. Alice saß auf der Rückbank und sagte immer noch kein Wort.

Mc Cash hatte sie aus dem Einfamilienhaus zum Auto geschleift und sich dann ans Steuer gesetzt. Saholy war nicht fahrtauglich, und in der Gegend hielten sie sich besser nicht länger auf. Die Fensterläden der Nachbarn waren geschlossen. Sie waren im Urlaub, also bestand die Chance, dass keiner sie gesehen hatte – die Straßen in der Siedlung waren leer, und die Schüsse, die in der Wohnung abgegeben wurden, schienen die Nachbarschaft nicht alarmiert zu haben. Das würde das Feuer schon noch besorgen. Sie hatten die nahegelegene vierspurige Autobahn nach Rennes genommen, ohne vorher Ledu anzurufen. Die Kerle, die ihnen bei den Plabennecs aufgelauert hatten, waren nicht nur Söldner im Dienste des Meistbietenden, sie waren auch völlig im Bilde über alles, was Alice sagte und tat, und entsprechend protegiert: Der Kerl, der französisch gesprochen hatte, hatte einen Ausweis der Armee bei sich getragen. Ob der nun echt war oder falsch, war egal, die Gendarmerie gehörte demselben Verein an. Ledu führte willkürlich irgendwelche Operationen durch, und da er mit dem Fall betraut war, konnte es ebenso gut sein, dass er diese Männer deckte. Dieses Risiko konnte Mc Cash nicht eingehen. Nicht solange die Kleine in der Nähe war.

Saholy, die das alles so mitgenommen hatte, dass sie nicht mehr protestieren konnte, hatte sich seinem Urteil gebeugt. Mc Cash zögerte. Er hatte nicht genug Informationen. Die Fährte mit den osteuropäischen Ländern schien die richtige zu sein, jetzt galt es nur noch herauszufinden, in welches Land Blanckaert gefahren war. Sean würde ihm helfen … Er drehte sich zu der Mulattin, die schon einen ganzen Haufen Taschentücher vollgeblutet hatte.

Sie fuhren an Le Mans und den Werbetafeln mit den Anzeigen für die Autorennen vorbei. Er warf einen Blick in den Rückspiegel und nahm dann im letzten Moment die Ausfahrt.

*

HUNGER HATTE KEINER mehr, als sie wieder aus der Arztpraxis kamen. Unter Stöhnen hatte Saholy sich die Nase richten lassen. Jetzt bedeckte ein weißer Verband ihr halbes Gesicht, und ihre Stimmung schwankte zwischen Sommergewitter und Schiffbruch zu zweit.

In einem Bistro verspeisten sie ein fades Sandwich und tauschten ein paar Worte, die ersten wirklichen Worte, die sie seit dem Horror am Morgen überhaupt gewechselt hatten.

Alice nutzte die Gelegenheit und heulte los.

Mc Cash wusste nicht, was sie genau gesehen hatte und was sie von ihm dachte, er wusste nur, dass er den Tod wie eine Kobrakette um den Hals trug. Aber wie er sie so in dem Bistro auf der Bank sitzen sah, in ihrem schäbigen Anorak und mit ihren langen, tränenverklebten Wimpern, ging ihm das unerwartet bis ins Mark.

»Wie sieht denn dein Anorak aus?«, brummte er, obwohl sie sich gerade erst wieder beruhigt hatte. »Wir kaufen dir einen neuen. Was hältst du davon?«

Wenn er als kleiner Junge eine Foltersitzung beim Zahnarzt hinter sich gebracht hatte, hatte seine Mutter ihm immer einen Soldaten gekauft, bei O'Kelly, dem Spielzeugladen in Belfast – und das hatte ihm gutgetan.

Alice sagte nichts. Saholy saß neben ihr auf der Bank und strich ihr über den Kopf, als hätte sie ganz weiches Haar …

*

DAS MÄDCHEN HATTE zwar immer noch eine Heidenangst, aber klare Vorstellungen davon, was ihr gefiel und was nicht: Schon im zweiten Geschäft, das sie betraten, fand sie eine schwarz-weiße Jacke, die meilenweit von ihrem Mantel entfernt war. Sie war nicht sehr warm, aber sie rockte, und »wenn man Strummer in sich hat, dann ist man vor Kälte geschützt«, hatte er gesagt, um für eine etwas entspanntere Stimmung zu sorgen … Alice begriff zwar überhaupt nicht, was er da sagte, zumal er oft auf Englisch fluchte, aber es tat ihr in dem Augenblick einfach gut, ein kleines Geschenk zu bekommen.

Saholy dagegen hätte am liebsten mit den Zähnen eine Schlange gehäutet. Sie machten sich wieder auf den Weg.

Erschöpft von der Nacht, die sie hinter sich hatte, schlief Alice auf dem Rücksitz des Clio ein, den Kopf gegen die Fensterscheibe gelehnt. Saholy hatte sich ans Steuer gesetzt, während der Ex-Bulle per Telefon seine Pariser Netzwerke reaktivierte. Sean erwartete ihn am Abend. Er würde bei ihm übernachten, bis sie Blanckaerts Spur gefunden hätten.

Sie hielten bei einer Total-Tankstelle, die genauso fürchterlich war wie alle anderen auch, mit Limousinen voller Geschenke, Kindern im Sonntagsgewand und rülpsenden Eltern. Mc Cash tankte voll, holte sich dreihundert Euro am Automaten, machte sich auf die Suche nach der letzten Ausgabe von *Valeurs actuelles* und fand Alice vor dem Ständer mit Plüschtieren ... Vielleicht war sie auch auf der Suche nach einem Gefährten, genau wie er selbst ...

»Wer wird sich um Ihren Hund kümmern?«, fragte sie ihn, als sie ihn sah.

»Was?«

»Wer wird sich um Ihren Hund kümmern, solange Sie weg sind?«

Sie hatte vielleicht seltsame Sorgen!

»Was schert mich dieser blöde Köter«, blaffte er.

Sie klimperte mit ihren Giraffenwimpern in dem scheußlichen Neonlicht. Eingeschlafen – von wegen!

Mc Cash hätte fast einer Mutter ein Auge ausgeschlagen, als er die Flügeltüren der Tankstelle hinter sich zuknallen ließ: Das Morphin war ihm ausgegangen, sein totes Auge quälte ihn wieder abscheulich, er hatte eine schreckliche Angst um Alice ausgestanden, und jetzt würden sie sich bald trennen ... Saholy stand mit dem Rücken an den Clio gelehnt und wartete auf ihn.

»Geht's dir nicht gut?«

»Wird schon wieder.«

Über der Autobahnraststätte wurde es dunkel. Mc Cash begegnete dem Blick aus ihren Augenschlitzen und sah Funken auf onyxschwarzem Grund. Ihre ständige Wut. Die Leute gingen vorüber, achteten nicht auf sie.

»Glaub mir, das wird schon wieder«, wiederholte er und gab ihr das Geld, das er gerade gezogen hatte.

In dem Augenblick kam Alice, also ließ Saholy es auf sich beruhen.

Sie fuhren bis zu den Pforten von Paris. Pagny, Johnny – im Radio kam der übliche Schwachsinn; Mc Cash fragte Saholy, ob sie nicht eine CD von The Clash hätte, aber sie besaß überhaupt nur zwei CDs, Arvo Pärt und Rabih Abou-Kalil.

»Wer sind The Clash?«, fragte Alice von hinten.

Allmählich kehrte sie wieder ins Leben zurück.

»Das ist die Band von Strummer«, antwortete er.

»Der, von dem Sie vor Kurzem gesprochen haben?«

»Joe Strummer.«

»Wer ist das?«

»Na hör mal, ihr Kids kennt euch ja wirklich gar nicht aus!«

»Hey, nur weil ich erst in die fünfte Klasse gehe, brauchst du mich noch lange nicht für 'ne verpeilte Pissnelke zu halten!«

Sie war witzig. Und mutig. Zumindest was das anging, hatte Carole ihn nicht getäuscht.

Sie nahmen auf dem Parkplatz des RER von Massy-Palaiseau Abschied voneinander, einem Ort, der so authentisch wirkte, dass man seine Ideale dort verkaufen würde. Mc Cash hatte seine Waffe im Handschuhfach des Clio gelassen und ihnen Anweisungen erteilt, für den Fall, dass sie Gebrauch davon machen müssten – sie sollten mindestens zweimal schießen, weil die erste Kugel sowieso meist danebenging. Saholy hatte mit ernster Miene zugehört, unergründlich hinter ihrem Verband: Das war Wahnsinn, was könnte sie schon ausrichten, wenn sie vor einem Killer stand, egal, wer es war, aber was die Kleine betraf, da konnte er auf sie zählen.

Es war Zeit auseinanderzugehen.

»Wann sehen wir uns wieder?«, fragte die Mulattin.

»Ich weiß nicht … Das hängt davon ab, wie lange Blanckaert im Ausland bleibt.«

Mc Cash machte seine Jacke zu. Er hatte keine Lust zu reden. Ein paar Leute hasteten über den Parkplatz. Es wurde schon dunkel.

»Ich bin noch nie mit einem Flugzeug geflogen«, bemerkte Alice.

»Das ist wie Zugfahren, nur dass man fliegt. Also, danke dir«, sagte er und küsste Saholy auf die Wange.

Doch sie drehte ihr Gesicht weg.

»Du hältst uns auf dem Laufenden, ja?«

Draußen schüttete es immer noch wie aus Kübeln.

Da Alice zauderte, sagte Mc Cash, sie sollten jetzt abhauen. Er sah die Hände der Kleinen hinter dem beschlagenen Fenster des Clio herumfuchteln und dann im dichten schwarzen Regen verschwinden.

The right profile

»NA, WIE GEHT'S, alter Knochen?«

»Super! Und dir?«

»Mal so, mal so ...«

»Ach komm!«

»Weißt du, mein Gatte ist momentan echt fad.«

»Der Arme. Soll ich das als Aufforderung verstehen?«

»Wir haben Weihnachten, lass mal. Aber ein andermal vielleicht, oh, là, là!«, sagte sie lachend. »Bleibst du länger in Paris?«

»Keine Ahnung. Ich suche einen Mann, Alain Blanckaert heißt er. Er ist über die Tage verreist mit unbekanntem Ziel. Könntest du den für mich aufstöbern?«

Sonia arbeitete bei der Einwanderungsbehörde. Sie hatten sich kennengelernt, als er sich gerade von Angélique hatte scheiden lassen, Ende der Achtzigerjahre. Was sie verband, war vor allem Freundschaft, aber miteinander ins Bett zu gehen hatte schon immer ihre Laune gebessert – Sonia war schwarz, und er liebte ihre dicken, fleischigen Hinterbacken, die wie Montgolfieren tanzten.

»Blanckaert, wie schreibt man den?« Sie machte sich Notizen, den Hörer ans Ohr geklemmt.

»Wie den belgischen Radrennfahrer.«

»Ich bin in Mali geboren, mein Süßer.«

»Was man nicht alles verpasst, wenn man arm ist … Blanckaert wurde in der letzten Ausgabe von *Valeurs actuelles* porträtiert; wenn du mich fragst: Den musst du in der Business-Class suchen.«

»Was ist das für einer?«

»Ein Hai aus der Bauindustrie«, sagte er, »einer vom Typ Bouygues.«

»Immer noch so ein Quertreiber!«, sagte sie amüsiert.

»Man darf seine Intelligenz doch nicht ungenutzt verrotten lassen.«

Sonia lachte in den Hörer. Sie wirkte glücklich, auch wenn ihr Ehemann noch so fad war. Er verstand die Frauen nicht.

»Na gut«, kokettierte sie, »ich schau mal, was ich für dich tun kann …«

»Wann rufst du mich wieder an?«

»Bis wir zwei uns wiedersehn, so lang denk ich an dich …«

Sie trällerte einen bescheuerten alten Schlager.

»Auweia, du bist ja noch genauso gaga wie früher.«

*

WIE MAN DEM schmeichlerischen Porträt entnehmen konnte, das in besagter Zeitung erschienen war, hatte Alain Blanckaert auf dem Thron seines Vaters, der Eigner einer Baufirma war, ein Imperium errichtet. Der Reichtum des verlorenen Sohnes war in dem Maße gestiegen, wie sein Betätigungsfeld sich erweitert hatte: Bauwesen, Immobilien-Spekulation, Tourismus; außerdem hatte er seine Auslandsaktivitäten erweitert – Ferienclubs in Tunesien, Thalassotherapie auf Mallorca … Mit seinen achtundvierzig Jahren war dieser Mann Vorstand einer börsennotierten Gruppe und schien fest entschlossen, die Konkurrenz in den Sack zu stecken: Er hatte sich gerade eines der führenden europäischen Reiseunternehmen unter den Nagel gerissen. Man sagte ihm nach, er sei ehrgeizig, in Geschäftsdingen recht hart – o Wunder – und schere sich kaum um die Einhaltung des Arbeitsrechts, aber all das führte nicht weit: Blanckaert war offensichtlich in Osteuropa nicht aktiv, er war kein Sponsor irgendeines Waisenhauses, weder in Rumänien noch andernorts, und schon gar nicht auf der Insel St. Martin.

Die Informationen des Verfassungsschutzes, die sich der Ire über seine alte Freundin Nathalie besorgt hatte, waren auch nicht sonderlich ergiebig: Alain Blanckaert war geschieden, hatte keine Kinder, man sagte ihm mehrere Geliebte nach, allerdings waren keine ungewöhnlichen sexuellen Neigungen bekannt – die »Hostessen«, die man Unternehmensleitern besorgte, damit sie ihre Unterschriften schneller unter die Verträge setzten, schienen ihm zu genügen. In Geschäftsangelegenheiten war der Mann tatsächlich äußerst gefährlich und zögerte nicht, Dumping zu betreiben, um seine berüchtigten Verträge zustande zu bringen, aber auch hier wurden nie Geldtransfers zu den Steueroasen in den Antillen nachgewiesen, die möglicherweise zu der Fährte von Le Guillou passen könnten …

Mc Cash versuchte, sich über die Killer, die die Plabennecs umgebracht hatten, Informationen zu verschaffen, als Sonia ihn auf dem Handy anrief.

»Ich habe deinen Radrennfahrer gefunden«, verkündete sie fröhlich.

»Chapeau.«

»Das war nicht sehr kompliziert«, setzte sie hinzu. »Er war für den Flug Paris-Marrakesch am 25. Dezember eingetragen.«

Keine Verbindung zu seinem Fall.

»Eine kurzfristige Reiseentscheidung?«, fragte der Einäugige.

»Nein. Das Ticket wurde schon vor einem Monat ausgestellt.«

Lange bevor das Mädchen ertrank.

»Blanckaert fliegt nicht alleine«, setzte sie hinzu. »Er ist in Begleitung einer weiteren Person, Philippe Levasseur. Laut ihren Pässen wohnt Ersterer in Paris, im 15. Arrondissement, und Letzterer in La Noye, Ille-et-Vilaine.«

Das war ein Dorf, ein paar Kilometer von Montfort entfernt. Endlich.

»Der Rückflug ist für wann vorgesehen?«

»Den 29.«, antwortete Sonia.

Somit hatte er noch drei Tage Zeit.

»Du bist meine Lieblingsnegerin«, sagte er.

»Und du mein weißer Schnuckel.«

Bei ihrem dröhnenden Gelächter wurde ihm ganz warm um die Wampe.

Sie hatten beide Sehnsucht nach ihren Ballonfahrten.

*

»LEVASSEUR, SAGT DIR das was?«

»Levasseur?«

»Philippe Levasseur.«

»Aber sicher«, entgegnete Saholy. »Er hat ein Architekturbüro in der Nähe von Rennes.«

»Außerdem spielt er Tennis!«

»Was?«

»Alice hat mir gesagt, dass Levasseur auch Tennis spielt«, wiederholte Saholy in ihr Handy.

»Wie geht's ihr?«, fragte Mc Cash.

»Heute haben wir eine Schneeschuhwanderung gemacht, und für morgen haben wir uns Skier ausgeliehen.«

»Das war super!«, grölte das Mädchen im Hintergrund. »Ich hab sogar ein Murmeltier gesehen!«

Lügnerin. Murmeltiere halten Winterschlaf, die werden erst im Frühjahr wieder wach.

»Und wie geht's deiner Nase?«, erkundigte sich der Ire.

»Hält.«

Die Mulattin wahrte Abstand.

»Warte, ich muss ein bisschen weiter weg«, sagte sie.

Jetzt waren Windgeräusche zu vernehmen. Saholys Stimme klang auch anders. »Hast du Neuigkeiten?«

Der Vierfachmord in der Siedlung einer Kleinstadt in Ille-et-Vilaine war durch die Redaktionen gegangen, zumal das Mädchen, das in der Pflegefamilie untergekommen war, offenbar unauffindbar blieb. Erst wurden sämtliche Hinweise geprüft, bevor man eine Suchmeldung rausbrachte, aber man konnte förmlich riechen, dass das hier eine ganz große Sache war: Nur wenige Kilometer entfernt war tags zuvor ein weiteres Verbrechen verübt worden …

»Haltet euch bitte so lange in den Bergen versteckt, bis ich mit Blanckaert gesprochen habe«, sagte Mc Cash lakonisch. »Ich habe dir ja gesagt, ich kümmere mich um alles, was das angeht, kannst du mir vertrauen.«

Sie vertraute ihm zwar, aber beruhigt war sie deshalb noch lange nicht.

»Und Ledu?«

»Vergiss ihn, glaub mir. Am besten, ihr bleibt der modernen Welt so fern wie möglich, und alles wird gut … Was glaubst du, kannte Levasseur Le Guillou?«

»Das würde mich wundern«, sagte sie schmollend.

»Warum?«

»Das sind zwei völlig verschiedene Welten. Le Guillou war eher der strenge Typ. Levasseur dagegen ein recht lebenslustiger Genosse. Mit Sportwagen und so. Er besitzt ein Landgut in La Noye, nicht weit von Montfort. Deshalb hält er sich ab und zu in der Gegend auf.«

Das war sie, die Verbindung.

»Ledig?«, fragte Mc Cash.

»Frauenheld wäre die bessere Umschreibung.«

»Kennst du ihn?«

»Ein bisschen«, antwortete sie. »Ich kenne vor allem seine Freundinnen.«

»In welcher Beziehung steht er zu Blanckaert?«

»Das müsste man ihn fragen.«

»Ja … Na gut, dann grüß die Kleine von mir«, sagte er, bevor er auflegte. »Wir hören voneinander.«

»Das fühlt sich bestimmt beschissen an, die Frau eines Polizisten zu sein …«

Damit war sein ganzes Leben in einem Satz zusammengefasst.

Mc Cash schlief seit zwei Tagen bei Sean, seinem alten keltischen Freund, der ganz wie er seine Karriere bei der IRA begonnen hatte, in den Sechzigerjahren, bevor er sich von der Präfektur von Créteil in internationaler Hilfe für politische Flüchtlinge hatte umschulen lassen. Sie tranken uralten Whiskey und sprachen über ihr Land, das ihnen, wenn man sie so reden hörte, fehlte wie ein amputiertes Bein.

Bis zum frühen Morgen hatte Sean ihm nicht bloß einen falschen Pass besorgt, der auf den Namen Karl Autis lief, sondern auch noch den Namen eines Mannes in Marrakesch, Hamed, seinem Kontakt vor Ort, einem politischen Flüchtling, der ihm eine Waffe und ein Auto beschaffen konnte und für weitere Dienste zur Verfügung stand.

Mc Cash würde nicht auf Blanckaerts Rückkehr warten, um herauszufinden, ob er den Mord an Le Guillou in Auftrag gegeben hatte, und er würde auch nicht das Ergebnis der weiteren Nachforschungen seiner Freundin vom Verfassungsschutz abwarten: Der Anrufbeantworter seines Handys war voll. Ledu forderte ihn auf, schnellstmöglich zu ihm ins Büro zu kommen, und wunderte sich, dass er nicht anzutreffen war – er sei schon mehrfach beim Haus der alten Verrückten gewesen, ohne jemanden vorzufinden –, und es war klar, dass sein Verschwinden ihn schon bald zum Verdächtigen Nummer eins machen würde.

*

WENN MAN SICH den Flughafen Roissy ansah, bekam man eine Vorstellung davon, wie der Parc des Princes in fünfzig Jahren aussehen würde. Mc Cash begab sich, bewaffnet mit seinem neuen Pass, zu Gate Nr. 10 und stieg dann in den Airbus A dreihundert-und-noch-was.

Der Einäugige fühlte sich schrecklich unwohl, obwohl er wie ein Urlauber aussah. Das lag daran, dass er sich an diesem Tag das erste Mal seit dreißig Jahren ohne Augenklappe in der Öffentlichkeit zeigte, sozusagen an der freien Luft, seine Prothese war kilometerweit sichtbar … Die Frauen musterten ihn ganz unverhohlen, die Männer beäugten ihn misstrauisch, selbst die Kinder machten sich hinter seinem Rücken über ihn lustig. Nachdem er all die Jahre sozusagen inkognito verbracht hatte, fühlte er sich so nackt und lächerlich wie ein jämmerlicher Regenwurm.

Die Augenbinde war tabu geworden.

Aber wer sagte ihm, dass er nicht jetzt gerade mit seinem toten Auge schielte, jetzt, genau jetzt?! Hm? Wer? Wer konnte ihm garantieren, dass er nicht bloß wie ein blöder, auf einem Auge schielender Regenwurm aussah?! Eine Art geistig Behinderter, mit einer Flipperkugel als Pupille, die machte, was sie wollte!

»Geht es Ihnen nicht gut?«, fragte die Flugbegleiterin.

Sie hatte eine Kieksstimme, die einen an die Gitarrensolos der Achtzigerjahre erinnerte.

Mc Cash ließ das komische Zeug, das sie ihm als Abendessen servieren wollte, aus Protest stehen und schlief sabbernd eine Stunde, während Turbulenzen die Maschine durchschüttelten, bevor diese auf dem kleinen Flughafen von Marrakesch landete.

Schmutzige Palmen staubten am Rand der Landepiste vor sich hin. Der Touristenschlange folgend, passierte der Ire unbehelligt die verschiedenen Kontrollen und verließ mit zerknitterter Miene den Flughafen.

Die Gipfel des Hohen Atlasgebirges ragten aus dem Nebel auf, makellose irdische Leuchttürme. Die Luft war frisch, die Sonne freundlich ... Mc Cash hatte so etwas nicht mehr erlebt, seit ... seit Angélique. Er setzte sich eine Sonnenbrille auf, und schon fühlte er sich besser. Die Fahrer der Mini-Taxis sprachen die ankommenden Touristen an, den Arm auf der Autotür. Er folgte den Anweisungen seines Freundes Sean und fand das Auto, einen weißen Peugeot 205, auf dem Parkplatz einer unabhängigen örtlichen Agentur, wo ein gewisser Driss, der »Cousin« von Hamed, ihm die Schlüssel übergab. Der Mann lächelte und stellte keine Fragen.

Mc Cash setzte sich ans Steuer und nahm die vierspurige Straße zur Medina.

Der Wind brauste ungehindert durchs offene Fenster, die Farben des Sandes waren kontrastreich, und das Licht war von akrobatischer Lebendigkeit. Er fuhr durch das moderne Viertel Guéliz und gelangte in die Altstadt.

Wenn die Festungen aus gestampftem Lehm und Kalk den Jahrhunderten getrotzt und den Stammeskarawanen standgehalten hatten, die sich um das Gold von Guinea stritten, so war das heutige Marrakesch eine Festung, die allen Winden offen ausgesetzt war, angefangen beim Tourismus. Die Avenuen führten alle zum Djemaa-el-Fna-Platz. Mc Cash reihte sich in den Verkehr ein, bei dem es recht anarchisch zuging, auch wenn ein Polizist mit weißen Handschuhen wild gestikulierte: Mopeds, Fahrräder, Lastwagen, Kaleschen, Taxis – ein chaotisches Sammelsurium an Fahrzeugen. Er parkte einfach irgendwo.

Im Kino in der Rue Bab-Agnaoyo hatte man die Auswahl zwischen zwei Gewaltfilmen. Unter den männlichkeitsverherrlichenden Plakaten standen westlich gekleidete Gruppen von Jugendlichen und kommentierten die vorbeidefilierenden Touristen. Ein Berber-Rebell zeigte Mc Cash die Rue El-Mouahidine. Der Riad, in dem er sich mit einem Mann namens Hamed treffen sollte, befand sich hundert Meter weiter.

In dem Gässchen, in dem gerade gebaut wurde, spielten Kinder Fußball.

»*Bismillah!*«, juchzte einer von ihnen. »Wieso machst du so ein Gesicht, Monsieur? Hast du vielleicht einen Dirham? M'sieur? Hey! M'sieur, m'sieur! Einen Dirham!«

Ein Ruf vom Nachbardach schnitt ihm das Wort ab.

Der Riad Clémentine wurde von einem freundlich lächelnden Paar bewohnt, der Innenhof war mit Mosaiken und raffinierten Stuckverzierungen geschmückt, die er kaum eines Blickes würdigte, denn an einem Metalltisch saß der Mann, der ihn erwartete: Hamed.

Als er näher kam, erhob er sich und begrüßte ihn freundlich, mit der Hand auf dem Herzen. Woraufhin Hamed ihm vorschlug, den berühmten marokkanischen Whisky – einen Pfefferminztee – auf der oberen Terrasse zu trinken, von der aus man einen Blick auf die Dächer hatte.

Hamed, ein Tunesier, der sich der Diktatokratie Präsident Ben Alis widersetzt hatte und drei Jahre zuvor nach Marokko geflüchtet war, war ein kräftiger junger Mann. Er trug ein Hemd und brandneue Nikes, hatte ein verschlagenes Lächeln, und seine Augen waren rot wie eine Fußgängerampel. Er sagte, er kenne Sean nicht persönlich, könne ihm aber bestes Haschisch und Faustfeuerwaffen verkaufen, mit viel Munition dazu, falls er ihm einen ordentlichen Preis dafür zahlen würde.

»Welcher Waffentyp?«

Hamed lachte sich schlapp, als sei der Einäugige ein echter Spaßvogel.

»Na ja, mein Freund, das hängt davon ab, was ich so finde!«

»Ein .38er Kaliber, am besten eine Smith & Wesson«, sagte Mc Cash, »und eine Schachtel Munition. Ich bräuchte auch einen Schlagstock. Und zwar schnell, falls du verstehst, was ich meine.«

Hamed hob die Hände zum Himmel, als würde Gott dort oben hängen.

»Du weißt ja, wie man hier sagt: Wer es eilig hat, der ist schon tot! Ha, ha, ha!«

»Sag dir einfach, ich wäre schon gestorben. Es geht um eine dringende Angelegenheit, und ich habe keine Lust, hier in dieser Gegend länger rumzuhängen.«

Hamed zog die Brauen in die Höhe, als sei er echt ein komischer Vogel, bevor er klein beigab: Was tat man nicht alles für einen solchen Freund …

»Das macht dann zweitausend Dirham …«, verkündete er.

»Na hör mal, für ein Stück Holz und eine Knarre ist das nicht gerade geschenkt.«

»Nein, aber das ist ja auch illegal. Und die Polizisten

sind ganz schön auf der Hut zurzeit, wegen der Islamisten ... Und Zahlung im Voraus«, setzte der Tunesier hinzu.

Mc Cash hatte keine große Wahl.

»Wann bekomme ich die Sachen?«

»Nicht vor heute Abend«, antwortete Hamed. »Aber ich hab was, das dir das Warten versüßen könnte ...« Er zog eine Kugel dunkles Harz hervor, das unter der Flamme seines Feuerzeugs buchstäblich dahinschmolz. »Hier, probier das mal ...«

Der Einäugige nickte bedächtig. Sein Kontaktmann war wohl vor allem ein Haschdealer.

»Kann ich sonst noch was für dich tun?«, fragte Hamed.

»Ja. Ich suche einen Mann: einen Franzosen. Oder vielmehr zwei.«

»Und was sind das für Typen?«

»Stinkreiche Leute.«

»Bismillah!«

»Genau. Was meinst du, könntest du oder könnte einer deiner Cousins mal eine Runde in den Luxushotels machen und ein bisschen Bakschisch verteilen?«

Die Miene des Tunesiers hellte sich auf.

»Kein Problem, mein Freund! Ich habe in allen Hotels meine Kontaktleute!«

»Diskret natürlich.«

»Ich habe die Leute, die du brauchst!«, versicherte er und untermalte seine Aussage mit ausholender Gestik. »Kein Problem! Wir sind eine große Familie!«

»Ich dachte, du wärst ein tunesischer Flüchtling?«

»Ja, ja! Wir sind eine große politische Familie!«

Schwachsinn.

Mc Cash legte ein paar Scheine auf den Tisch, riss eine Seite aus seinem Notizbuch und schrieb Anweisungen darauf.

»Der eine Mann heißt Blanckaert«, sagte er. »Und der andere Levasseur. Ich brauche die Informationen heute Abend. Wir treffen uns um acht auf der Terrasse des Agarna.«

»Inch' Allah!«

Der Tunesier lächelte scheinheilig, die Augen kaninchenrot.

»Der schert mich einen feuchten Kehricht, dein Allah«, sagte Mc Cash, »und ich rate dir, pünktlich zu sein …«

Rock the casbah

DIE ÖRTLICHEN ZEITUNGEN berichteten über Attentate, die militärische Präsenz im Mittleren Osten, das nächste Fußballspiel oder die weltweite Immobilienkrise, aber mit keinem Wort erwähnten sie die Anwesenheit von Alain Blanckaert in der ehemaligen Kaiserstadt. Dabei waren er und Levasseur hier nicht im Urlaub. Es sei denn, sie wollten damit den Mord an Le Guillou decken. Was hinderte sie daran, wieder nach Hause zu fliegen? Die beiden Leichen, die man bei den Plabennecs zurückgelassen hatte? Nach seinen Informationen betreute Blanckaert gar kein Investitionsprojekt in Marokko, er war ein Geschäftsmann und geschiedener Schürzenjäger, und es passte überhaupt nicht zu ihm, in irgendeine Form von Kinderhandel involviert zu sein.

Halb acht Uhr abends: Mc Cash folgte dem Frittengeruch und überquerte den berühmten Djemaa-el-Fna-Platz, die »Versammlung der Toten«, wie man ihn nannte, weil hier früher die aufgespießten Köpfe der zum Tode Verurteilten zur Schau gestellt wurden.

Tagsüber ähnelte er zwar eher dem Vorplatz eines Supermarktes, auf dem man sein Auto verkaufen konnte, als einem ehrwürdigen touristischen Ort, in der Nacht aber war alles anders: Geschichtenerzähler, Schlangenbeschwörer, Marktschreier, Musiker mit Gayta oder Darbouta, alte Frauen, die diversen Ramsch feilboten, Zähneausreißer, die den Leuten, die noch welche hatten, ihre Dienste anboten, Seiltänzer, die die Menge in Atem hielten, Zauberer ohne Hut und ohne Taube, Kartenleserinnen mit kohlgeschwärzten Augen, Tätowierer, Bauchladenverkäufer, Wasserträger mit klingelnden Glöckchen, Schuhputzer, Kinder mit zerschlissener Kleidung, Verkäufer von frisch gepresstem Orangensaft, Skorpionvorführer, Flötenspieler – eine ganz eigene, kunterbunte Welt.

»Wie geht's, Monsieur?«, fragten die jungen Burschen den Einäugigen, als er durch die Menge ging.

»Na ja.«

Beim Schein der Fackeln grillten die Köche in den Garküchen ihre Spieße, die anschließend von Touristen verschlungen wurden, die in dem beißenden Qualm und lärmenden Durcheinander auf Bänken saßen und nicht ahnten, dass der Reisedurchfall es längst auf ihr Gedärm abgesehen hatte. Mc Cash stieg auf die Terrasse des Agarna, fand einen freien Tisch bei der Treppe und bestellte sich eine Tajine.

Auf der Terrasse ging ein feiner Regen nieder, aber er merkte es nicht einmal. Er schwelgte gerade sehnsuchtsvoll in der Erinnerung an seine verflossenen

Liebschaften, als Hamed kam, fast schon pünktlich, eine Sporttasche aus Plastik in der Hand.

»Das war nicht einfach, mein Freund! Wartest du schon lange?«, fragte er und setzte sich zu ihm.

»Her damit!«

Hamed stellte die Sporttasche mit verschwörerischer Miene neben ihm ab. Die Kellner waren mit ihren Tellern beschäftigt und widmeten ihrem Manöver keinerlei Aufmerksamkeit. Aus den Lautsprechern schallte der Singsang des Gebetsrufs über die Stadt – die weisen Störche, die sich die Minarette zu ihrem Domizil erkoren hatten, schienen davon unbeirrt. In dem Versuch, für eine entspannte Stimmung zu sorgen, deutete der Tunesier auf die goldene Kuppel, die die Dächer überragte.

»Das ist die Koutoubia-Moschee«, sagte er. »Von dort oben konnte man die Bewegungen der feindlichen Truppen über hundert Kilometer im Umkreis beobachten! Alle glaubten, die goldenen Kugeln der kleinen Laterne seien aus echtem Gold!«

»Deine Geschichten interessieren mich einen Dreck, das hab ich dir schon mal gesagt: Hast du, worum ich dich gebeten habe?«

»Ja, ja … da ist alles drin«, sagte er und zeigte auf die Sporttasche.

»Und Blanckaert? Weißt du, wo er mit seinem kleinen Freund abgestiegen ist?«

»Oh, das war nicht schwierig, die sind im Mamounia!«

Im Königspalast. Typisch.

»Gut ... Dann warte hier auf mich.«

Mc Cash griff sich die Sporttasche und ging zu den Toiletten. Eine der Kabinen war leer.

Als er drinnen den Reißverschluss aufzog, sah er den Revolver, außerdem einen kurzen hölzernen Schlagstock zweifelhafter Herkunft, ein paar Kugeln Munition und drei Stangen Shit in einer Plastiktüte. Er nahm die Waffe in die Hand, einen alten Revolver Kaliber .32 ...

»Mist«, zischte er.

Dass der Kanonenlauf nicht krumm war, war aber auch schon alles.

»Das ist alles, was ich finden konnte, mein Freund«, rechtfertigte sich Hamed. »Es sind harte Zeiten, weißt du, jetzt ist gerade überall Krise.«

Mc Cash seufzte.

»Wenn die mir ins Gesicht explodiert, dann ist es in deinem Interesse, möglichst weit weg von mir zu sein«, sagte er zum Abschied.

*

DIE SONNE HATTE kaum die Festung des Atlas erklommen, als Alain Blanckaert aus dem Mamounia trat.

Mc Cash, der ihm am Eingang auflauerte, erkannte ihn sofort: die platte Strähne auf dem kahlen Schädel, die joviale Leibesfülle eines Mannes, dessen Geschäfte gut laufen und der selbstsicher genug ist, alleine das

Heft in der Hand zu halten. Er war in Begleitung eines Mannes um die vierzig, groß und stattlich, sehr dunkle Haut, der Haaransatz tief in der Stirn – ein schöner Mann, der mit seinen milchweißen Zähnen und seinem athletischen Körper den juwelenbehängten Damen gut gefallen dürfte, sagte sich Mc Cash. Ziemlich sicher Levasseur. Mc Cash bereiteten eher die beiden Männer mit den ausdruckslosen Mienen Sorge, die Blanckaert in ihre Mitte genommen hatten: zwei Schwergewichte im Hugo-Boss-Anzug, der eine mit rasiertem Nacken, der andere ein großer Blonder von blasser Hautfarbe.

Sie stiegen in die schwarze Limousine, die vor dem Luxushotel stand und wartete.

Mc Cash ließ ein gelbes Taxi vorbeiziehen, bevor er die Verfolgung aufnahm. Obwohl es noch so früh war, herrschte dichter Verkehr, die Auspuffrohre der Lastwagen spuckten den weißbehandschuhten Gendarmen, die den Verkehr regelten, schwarzen Rauch ins Gesicht. Die Limousine hatte Vorfahrt.

Mc Cash saß in seinem 205er-Peugeot und hielt Abstand. Sie fuhren an der Medina vorbei, durchquerten Guéliz und kamen in ein Wohnviertel im südeuropäischen Stil. Nach ein paar Runden durch schattige Straßen hielt die Limousine vor dem Gittertor eines großen modernen Hauses, das hinter Bäumen und Palmen verborgen lag. Der Fahrer gab dem Uniformierten, der dort stand, ein Handzeichen. Blanckaert und sein Gefolge stiegen aus dem Auto, offensichtlich wurden sie erwartet, gingen durch das Tor und ließen den diensthabenden Wachtposten vor dem Anwesen stehen.

Mc Cash parkte an der Straßenecke.

Eine bleiche Sonne schien auf die Fassade, die man hinter dem Grün erahnen konnte. Mc Cash ging zum Zaun hinüber. Der Wächter trug eine Soldatenuniform. Arbeitete der Besitzer des Hauses vielleicht für die Regierung? War Blanckaerts Besuch in diesem Fall offiziell? Im Vorbeigehen las er den Namen auf dem Briefkasten: Mohamed Ben Keddir ... Der Wächter musterte ihn misstrauisch. Mc Cash deutete auf das Anwesen:

»Steht das zum Verkauf?«

Der Marokkaner war keine zwanzig Jahre alt. Er machte eine verneinende Gebärde und blieb stocksteif in seiner zu großen Uniform stehen. Am Ende der Allee konnte man eine Werkstatt sehen und zwei vor dem Haus geparkte, blitzblanke Geländewagen.

»Zu vermieten?«

Der Marokkaner schüttelte den Kopf und machte ein strenges Gesicht.

»Zu verschenken?«

»Hä?«

»Kennst du den Besitzer? Ich meine, weißt du, was der beruflich macht, Ben Keddir? Ich bin in der Immobilienbranche tätig.«

So langsam ging er ihm auf die Nerven.

»Sie dürfen hier nicht stehen bleiben!«, blaffte er los und half noch mit den Händen nach. »Gehen Sie weg!«

Mc Cash machte sich schulterzuckend von dannen und drehte eine Runde um das Gebäude. Neben dem Anwesen gab es noch andere recht luxuriöse Neubauten – Marrakeschs neuer Jetset, zu dem sich immer mehr ansässige Franzosen gesellten … Hinter der schützenden schwarzen Brille studierte der Einäugige gerade die Topographie vor Ort, als an der Straßenecke zwei Männer mit einer Deutschen Dogge auftauchten, die an der Leine zog, als ginge es um Leben oder Tod.

Die beiden Marokkaner trugen einen marineblauen Anzug mit Krawatte und, wie man aus ihrem Gang schließen konnte, zwei Holster unter der Achsel. Vor allem wirkten sie erfahrener als das Jüngelchen beim Eingang …

»Was machen Sie da?«, fragte der Dünnere von beiden in vorbildlichem Französisch.

Der Hund fletschte die Zähne, war bereit zuzubeißen.

»Nichts«, antwortete Mc Cash.

Solche Scheißköter konnte er nicht ausstehen.

»Sieht irgendwie so aus, als lungerten Sie vor dem Haus herum.«

Es gab also auch Überwachungskameras.

»Ich arbeite in der Immobilienbranche«, erklärte Mc Cash. »Ich suche Häuser, die zum Verkauf stehen. Schöner Beruf, nicht wahr? Man kauft was, verkauft es wieder, kauft wieder was …«

»Haben Sie eine Karte?«

»Nein. Ist das gesetzlich verboten?«

Der Mann mit der Dogge machte einen Schritt zur Seite.

Sein Gesicht war asymmetrisch, hager, so hässlich, dass man am liebsten sein Frühstück hätte auskotzen wollen.

»Haben Sie Papiere bei sich?«, fuhr der hagere Hänfling fort.

»Sind Sie von der Polizei?«

»Schon möglich.«

»Vielleicht aber auch nicht.«

Der Mann mit dem Hund schnaubte wie ein Büffel, dem gleich der Geduldsfaden reißt. Er streckte dem hageren Kerl die Leine hin, und dieser riss sie sogleich an sich.

»Wir sind der Sicherheitsdienst dieses Hauses«, sagte der Dünnere, »wir haben alle Vollmachten, um für Ruhe in diesem Viertel zu sorgen. Wir möchten Ihre Papiere sehen.«

Sein Gefährte war langsam um Mc Cash herumgegangen, warf sich jetzt auf ihn und fasste ihn um die Taille. Der Kompagnon bedrohte ihn mit der Dogge, durchsuchte zugleich seine Taschen und fand den Pass in seiner Weste. Mc Cash versuchte nicht, sich zu wehren … Jetzt war der Augenblick gekommen, in dem sich herausstellen würde, ob sein alter Freund Sean Talent hatte oder nicht …

Der Marokkaner schaute sich seinen Pass lange an, dann nahm er ihm die Sonnenbrille ab und sah dem Einäugigen in die Augen. Oder wie man eben so sagt, denn er schien sein künstliches Auge gar nicht zu bemerken – vielleicht war er ja selber halb blind. Er griff zu seinem Handy und fing an, Arabisch zu sprechen. Der andere hielt ihn immer noch fest gepackt.

»Lassen Sie mich los«, sagte Mc Cash. »Ich bin zu alt, um weglaufen zu können ...«

Der mit dem Telefon machte seinem Kumpel ein Zeichen, er solle seiner Bitte nachkommen. Er schien prüfen zu lassen, ob das Dokument echt war oder vielleicht irgendwo gemeldet. Schließlich gab er ihm den Pass zurück.

»Für welche Agentur arbeiten Sie?«

»Mohamed Immobilien«, antwortete Mc Cash.

Der Kerl hinter ihm schlug ihm in die Nieren. Ein stechender Schmerz ließ ihn in die Knie gehen. Er stöhnte noch vor Schmerz, als der Hänfling sich über ihn beugte:

»Hauen Sie bloß ab, bevor meinen Freund noch die Wut packt ...«

*

ZWÖLF UHR MITTAGS, der Djemaa-el-Fna-Platz: Eine Französin, die gerade frisch angekommen war, einen Fuß auf den Sitz einer Kalesche mit Glöckchen gestützt, die eine Hand auf ihrer Hüfte, mit der anderen ihren breitkrempigen Hut festhaltend, ließ ihre Welt Revue passieren, wie zu den guten alten Zeiten des Protektorats.

Mc Cash lief durch die einförmigen Gassen der Medina, nach dem morgendlichen Ausflug geistig noch etwas in Aufruhr. In den belebten Gässchen spielten die Kinder Eselreiten, indem sie ihren kleinen Bruder quälten. Riads und Luxushotels versteckten sich im Schatten von Gebäuden der Saadier, deren Formenreichtum nicht nur auf ein paar Mausoleen beschränkt war. In einem der Läden im Souk kaufte er sich einen Anzug: Hose, Weste, Hemd, Schuhe, weit entfernt vom Rock-Glamour-Look von The Clash, aber wenn er sich dem hiesigen Chic anpasste, war er kaum mehr wiederzuerkennen.

»Oh!«, geriet der Händler in Verzückung. »Das steht dir hervorragend, mein Freund!«

Mc Cash betrachtete sich im Spiegel, allerdings nicht lange.

»Sieht aus, als hätte ich mich als armseliges Würstchen verkleidet«, murrte er.

»Das hat Klasse!«, fuhr der andere fort.

Der Ire bezahlte seine Verkleidung, aß in einem kleinen Restaurant in der Medina zu Mittag und begab sich dann zu seinem 205er-Peugeot, den er vor dem Laden eines Händlers mit Berberteppichen geparkt hatte, wo man ihn mit der Hand auf dem Herzen begrüßte. Etwas, das ebenso merkwürdig wie ungewöhnlich war: Die meisten Leute auf den Gehsteigen lächelten ihn an. Mc Cash hatte sich sogar schon gefragt, ob nicht vielleicht irgendein alberner Clown hinter ihm herlief, fand sich nach und nach aber damit ab. Schließlich nahm er die halbleere Reisetasche aus dem Kofferraum und verließ die Medina durch das Südtor. Die Temperatur war mild, der Himmel bedeckt. Er rief ein Taxi und fuhr bis zum Mamounia, dem Luxushotel, in dem Alain Blanckaert eine Suite und zwei Einzelzimmer reserviert hatte.

Der Taxifahrer war fröhlich, weiß der Teufel, warum.

Neun Jahrhunderte alte Festungsmauern umschlossen den luxuriösen Hotelgarten. Beschauliche Palmen, piepsende Vögel und gefiederte Jäger grüßten unterwürfig, während er in seinem zu engen Anzug wie ein ländlicher Berlusconi die Stufen hinaufstieg. Der Mann an der Rezeption gab ihm den Schlüssel für das Zimmer, das er kurz zuvor reserviert hatte – eine Magnetkarte, das System stammte noch aus den Achtzigern.

Der Einäugige, durch seine Sonnenbrille ganz inkognito, lief einigen Berühmtheiten über den Weg, die er nicht kannte, reichen Ausländern, die mit ihrem Schicksal im Reinen waren, einsamen Frauen, geschminkt wie Pulcinella, Emiren in Gucci-Dschellaba, aber von Alain Blanckaert, dem großen Star der Baubranche, war keine Spur.

Er ging aufs Zimmer und telefonierte mit seinem Kontaktmann.

»Kennst du einen gewissen Mohamed Ben Keddir?«

»Oh, oh!«, gluckste der Tunesier. »Bist du ihm begegnet?«

»Nur seinem Ordnungsdienst. Die Kerle haben ein bisschen überreagiert. Was ist an diesem Ben Keddir eigentlich so besonders?«

»Das ist ein ganz großer Fisch in dieser Stadt«, erklärte Hamed. »Einer, der dafür sorgt, dass die Dinge so laufen, wie sie sollen.«

»Arbeitet er für die Regierung?«

»Na ja, nicht wirklich …«

»Was heißt ›nicht wirklich‹ auf Marokkanisch?«

»Das heißt, man protegiert ihn.«

»Wer?«

»Naja, also das weiß keiner!«, scherzte der Tunesier.

»Also gut«, Mc Cash wurde unruhig, »und um was genau geht es bei ihm?«

»Um Genehmigungen.«

»Was ist das jetzt wieder für ein Quatsch?«

»Das ist kein Quatsch, das ist Korruption. Du weißt ja, das läuft hier ganz gut …«

»Woanders auch. Ben Keddir ist also einer, der es anderen leichter macht, Verträge zu bekommen, so was in der Art?«

»Ja«, antwortete Hamed, »er ist das Öl im Getriebe.«

»Wieso wird dann sein Haus bewacht wie eine Bank?«

»Weil er Feinde hat«, sagte Hamed. »Seit Hassans Tod haben die Dinge sich gewandelt. Der neue König muss sich mit dem Wunsch der marokkanischen Jugend nach mehr Öffnung arrangieren, gleichzeitig aber auch mit den radikalen Islamisten. Ben Keddir hat den Ruf, den Armen zu helfen, und die Imame haben eine gute Meinung von ihm. Er ist ein sehr gläubiger Mann und steckt die Umschläge immer in die richtigen Taschen.«

»Also eine Art Mafioso«, kommentierte Mc Cash. »Letztlich kann man sagen, dass Ben Keddir Schutz genießt, weil er das Bindeglied zwischen der Geschäftswelt und den Moscheen darstellt?«

»So kann man es ausdrücken.«

Eine Art Mittelsmann also ... Das war aber auch schon die einzige Gemeinsamkeit mit Le Guillou.

*

MC CASH WARTETE in der großen Empfangshalle. Er hatte sich im Souk gerade einen kleinen Spiegel gekauft, um nachzuschauen, ob sein Glasauge nicht vielleicht idiotischerweise auf seine Nase schielte oder, was genauso lächerlich gewesen wäre, auf seine Ohren ...

Alain Blanckaert tauchte am Nachmittag wieder auf, eskortiert von Levasseur und den beiden Hünen im Hugo-Boss-Anzug. Kamen sie gerade einfach nur von Ben Keddir zurück? Levasseur trug immer noch sein Köfferchen herum.

Sie holten sich ihre Schlüssel an der Rezeption und gingen dann Richtung Aufzug. Suite 427. Der Geschäftsmann war in familiärem Ton am Salbadern, gab ihnen den Nachmittag frei und zitierte sie für sieben Uhr an die Hotelbar. Einer der Leibwächter betrat als Erster den Aufzug, während der andere wie ein Panzergeschütztürmchen die Halle von links nach rechts absuchte. Der Einäugige wusste nicht, ob Blanckaert eine Beschreibung von ihm hatte und ob man nach seiner Augenklappe Ausschau hielt, aber sie hatten ihn ganz offensichtlich nicht erkannt.

Vor sieben Uhr würden sie ihr Zimmer nicht mehr verlassen. Mc Cash nahm eine Dusche, telefonierte mit Hamed, um zu besprechen, wie der Abend weiter verlaufen würde, dann mit Saholy.

Die Mulattin ging beim vierten Klingeln dran.

»Du musst mich nicht alle Viertelstunde anrufen«, sagte sie vom Gipfel ihres Berges, »hier gibt es nur Murmeltiere und stinkenden Käse. Falls dein Handy dagegen unter Satellitenüberwachung steht, kann man uns am Ende noch orten.«

»Stimmt. Und die Kleine?«

»Heute Nachmittag waren wir Ski fahren. Sie macht sich ganz gut für eine Anfängerin«, sagte sie, als wäre das ein ganz normaler Urlaub. »Und du?«

»Ich bin mit Blanckaert im Mamounia«, antwortete Mc Cash.

»Na, da wird es dir ja nicht langweilig.«

»Nein, nur die Frauen fehlen.«

»Sagst du das wegen mir, oder hast du vor, zu den Nutten zu gehen?«

Er lachte hämisch.

Es wurde dunkel in dem herrlichen Garten.

Sie fehlten ihm alle beide.

Nein, es ging ihm überhaupt nicht besser. …

*

SIEBEN UHR ABENDS. Die beiden Hünen überwachten mit angewiderter Miene den Flur, als Blanckaert aus der Tür der Suite Nr. 427 kam. Er war erfrischt, von Kopf bis Fuß umgekleidet, gesellte sich zu Philippe Levasseur an die große Hotelbar und verschwand dann, immer noch scharf bewacht, in einer der Limousinen, die am Eingang des kaiserlichen Luxushotels für Fahrdienste bereitstanden. Blanckaerts kleiner Freund war mit leeren Händen herausgekommen.

Mc Cash wartete, bis der linke Flügel im vierten Stock leer war, um die Tür mit dem veralteten System zu entmagnetisieren. Die Vorhänge waren zugezogen, aber er machte kein Licht. Der Lederkoffer stand auf dem kleinen runden Tisch. Er musste ihn nicht einmal aufbrechen und stieß im Schein der Taschenlampe auf Papiere, lauter Architekturpläne, die er auf dem Tisch ausbreitete.

»Was ist das jetzt wieder für ein Quatsch?«, zischte er durch die Zähne.

Es gab mehrere Pläne eines Bauvorhabens, dargestellt aus verschiedenen Perspektiven – auf den ersten Blick eine riesige, in die Medina von Marrakesch integrierte Wohnsiedlung, bestehend aus einzelnen Parzellen luxuriöser Riads in einem ausgeprägt folkloristischen marokkanischen Stil. In Anbetracht des rasanten Anstiegs der Immobilienpreise, den man auch hier beobachten konnte, dürfte es bei diesem Projekt um zweistellige Millionenbeträge gehen.

Das erklärte vielleicht das Treffen am Morgen mit

Mohamed Ben Keddir, nicht jedoch die Morde in Montfort-sur-Meu.

Auf keinem der Dokumente tauchte Blanckaerts Name auf. Nur der Name des Architekten war in der Ecke des Transparentpapiers vermerkt: Architekturbüro Levasseur in Pacé bei Rennes. Leise zog Mc Cash die Zimmertür hinter sich zu und rief Hamed an.

Der Tunesier befand sich auf der Toilette eines der besten Restaurants der Stadt. Es war ihm gelungen, einen Tisch gleich neben dem von Blanckaert zu reservieren, und er bedankte sich bei Mc Cash für die Mahlzeit. Er hatte seinen Cousin eingeladen, den, der ihm den 205er-Peugeot besorgt hatte, um nicht verdächtig zu wirken. Aus den Gesprächsfetzen, die zu ihnen herübergedrungen waren, konnte er schließen, dass Blanckaert und Levasseur einander nahestanden. Sie duzten sich – und ab und zu lachten sie sogar miteinander. Sie sprachen oft mit gedämpfter Stimme, dann waren sie schwer zu verstehen, aber sie hatten von einem Treffen geredet, das morgen früh um acht Uhr stattfinden würde.

»Sie haben nicht gesagt, mit wem«, flüsterte der Tunesier in sein Handy, »und auch nicht, wo.«

Völlig egal …

The sound of the sinners

BLANCKAERT UND SEINE Leute überquerten den Djemaa-el-Fna-Platz Richtung Souk, der noch ganz leer war, weil noch keine Touristenbusse da waren. Sie liefen im Schatten der Holzlattengestelle und gelangten immer tiefer in das Geflecht aus gewundenen Gässchen, in denen die Highlights des südmarokkanischen Kunsthandwerks feilgeboten wurden. Die ersten Läden wurden gerade geöffnet; mit Ausnahme von ein paar billigen Schundwaren, mit denen man den Westen imitieren wollte, war alles von einzigartiger Schönheit.

Im Souk roch es nach Gewürzen, Rosenwasser, frischer Minze und Esel. Blanckaert ging voran. Levasseur, der ihm in gebeugter Haltung mit seinem Lederkoffer folgte, wirkte nervös, trotz der beiden Leibwächter, die sie eskortierten. Nachdem sie sich allmählich von den Handelsstraßen entfernt hatten, begegneten ihnen bald nur noch verschleierte Frauen, die ihre Einkäufe machten, und ein paar Männer im Burnus, die ihre Karren zogen. Auf das Viertel der Schreiner folgte das der Eisenwarenhändler, lauter einfache Betonhäuser mit Wellblechdach. Ein Verkaufsstand löste den anderen ab, ein buntes Gewirr wie bei einem Mittelaltermarkt. Männer in Lumpen bearbeiteten das Metall mit Hammerschlägen, die erfahrenen Kunsthandwerker schweißten ihre Ware im Schutz ihrer Sonnenbrillen, die Lehrlinge mit bloßem Auge …

Sie gelangten ans Ende des Souks. Die Regengüsse der letzten Tage hatten einen gewaltigen Matsch auf dem Boden hinterlassen, ihre Mokassins versanken im Schlamm der gestampften Erde. Abseits der Gässchen mit den Verkaufsständen der Händler war die Armut so greifbar, dass selbst der Boss ein wenig von seiner Selbstgefälligkeit verlor. Sie wateten einen Moment durch den Schlamm vor den uralten Lagerhallen, hinter denen sich ein mit Bauschutt übersätes, unbebautes Gelände erstreckte.

Alain Blanckaert strich sich die Haarsträhne zurück, die ihm als Kopfbedeckung diente. Ein staubiger Wind pfiff durch die Metallkonstruktion. Von der alten Färberei waren nur noch die mit stehendem Wasser gefüllten Bottiche übrig sowie ein widerwärtiger Gestank …

»Also was nun«, bemerkte er ungeduldig, »was treibt der bloß?«

Der große Blonde und sein Komplize hielten die Augen auf, ob sich in diesem gottverlassenen Teil der Medina vielleicht irgendwo Menschen regten. Schließlich tauchte Mohamed Ben Keddir am Ende der Gasse auf.

Der Mann trug einen Kaschmirmantel auf den stiernackigen Schultern. Er war um die fünfzig, hatte einen Schnurrbart und große, ungerührt blickende Augen, die gut in diese düstere Umgebung passten. Alain Blanckaert begrüßte ihn herzlich und begann ihm das zukünftige Bauvorhaben zu erläutern.

Ben Keddir achtete darauf, dass er seine Schuhe nicht schmutzig machte, Levasseur folgte ihm und erläuterte die Pläne, die anderen bewegten sich im Slalom durch kaputten Beton und geborstene Bausubstanz. Die ersten Lagerhallen seien abgerissen worden, und obwohl das Projekt von den »zuständigen Behörden« noch nicht genehmigt worden sei, habe man diese Zone bereits für unbewohnbar erklärt. Blanckaert sprach, der Marokkaner hörte zu, und der Architekt lieferte die nötigen Erklärungen.

Das Brachland, auf dem sie standen, sei der Baugrund für die Grundmauern der ersten Riads – es werde noch weitere geben. Und zwar viele. Denn sie hätten nicht nur geplant, den hinteren Teil des Souks verschwinden zu lassen – zudem sollten für das Projekt die ärmsten Viertel der Medina eingeebnet werden, um an ihrer Stelle Luxusvillen entstehen zu lassen …

Ben Keddir nickte ernst, in Sorge wegen des »Problems«. Denn Geschäft war Geschäft; mit dem Eintreffen des französischen Kapitals und der anspruchsvollen Klientel, die damit ins Land strömte, hatte Marrakesch keine andere Wahlmöglichkeit, als sich der weltweiten Globalisierung zu unterwerfen. Jeder würde sein Geld bekommen, das war wie immer nur eine Frage der Umverteilung.

Die Bevölkerung, die man bereits teilweise unter dem Vorwand von Sanierungsmaßnahmen evakuiert habe, werde kein Problem darstellen. Die Investition werde reiche Leute anziehen, die sich nach Exotik sehnten. Man sehe mittlerweile auch Italiener, Spanier und sogar Engländer. Die Riads gingen weg wie warme Semmeln. Durch die Immobilienspekulation und die Mietpreissteigerungen sei es den meisten Marokkanern bereits nicht mehr möglich, sich eine Wohnung zu kaufen, jetzt oder nie gelte es, von der derzeitigen Konjunktur zu profitieren. Mohamed Ben Keddir nickte.

Der Leibwächter, der vorneweg ging, sah nicht die Gestalt hinter dem Bottich hervorschnellen: Ein harter Schlag mit dem Schlagstock zertrümmerte ihm den Schädel.

Sein Gefährte zückte sofort seine Handfeuerwaffe, eine extrem leistungsstarke Glock, doch der matte Lauf eines Revolvers Kaliber .32 zielte bereits auf seinen Bauch.

»Willst du testen, ob die funktioniert?«, fragte Mc Cash.

Der Leibwächter zögerte für den Bruchteil einer Sekunde: Das Gesicht dieses Kerls passte überhaupt nicht zu seinem Anzug, und selbst wenn der verkratzte sechsschüssige Revolver mit dem angebrochenen Kolben nicht so aussah, als ob er etwas ausrichten könnte, war seine Glock doch nicht geladen.

»Wirf sie weg!«

Unter der Bandage blutete die Hand, die den Schlagstock hielt, Mc Cash hatte den Finger schussbereit auf dem Abzug. Als der Mann mit dem ausrasierten Nacken spürte, dass der andere wirklich schießen würde, warf er die Glock auf den Boden.

»Was soll das denn werden?«, japste Blanckaert.

Wie versteinert stand Levasseur mitten im Bauschutt und drehte sich leichenblass zu ihm um. Ben Keddir ging einen Schritt auf den Mann zu, der sie bedrohte.

»Sie rühren sich nicht!«, zischte Mc Cash und deutete mit dem Lauf auf die kleine Bande. »Und du kauerst dich da auf den Boden«, befahl er dem Leibwächter, den er immer noch mit der Waffe in Schach hielt. »Die Hände in die Kniekehlen, aber schnell!«

Der Mann mit dem ausrasierten Nacken sah erst seinen Kompagnon im Bauschutt liegen, dann das verdutzte Gesicht seines Chefs. Sie hatten sich reinlegen lassen wie blutige Anfänger.

»Jetzt setz mal deinen Hintern in Bewegung, oder soll ich dir eine Kugel ins Maul jagen?«, schimpfte Mc Cash.

Der Leibwächter kniete nieder und bekam im Eifer des Gefechts gleich noch einen heftigen Schlag auf den Hinterkopf verpasst, der ihn mit dem Gesicht nach unten zu Boden schleuderte. Da bekamen die anderen es mit der Angst zu tun. Ben Keddir fluchte auf Arabisch, streckte den Hals zum Eingang des Grundstücks und sah nichts als Leere. Mc Cash ließ den Knüppel los, packte die Glock, prüfte, ob sie geladen war.

»Ich hol die Leute von der Sicherheit!«, schrie Ben Keddir mit sich überschlagender Stimme.

»Du hältst vor allem den Mund.«

»Wer sind Sie?«, schaltete Blanckaert sich ein. »Was machen Sie hier?«

Nach einem Moment der Verblüffung fand der Boss wieder zu seiner üblichen Kaltblütigkeit zurück. Mc Cash zog ihm mit dem Revolverlauf eins übers Ohr.

»Ich stelle hier die Fragen«, fauchte er, »und ich habe nicht viel Zeit. Ihr antwortet also bitte, ohne euch groß aufzuspielen. Wir fangen mal mit dir an, Blanckaert: Was ist mit Le Guillou geschehen?«

Der Boss war in sich zusammengesunken und hielt sich das Ohr, als würde es ihm gleich abfallen.

»Das wird Sie teuer zu stehen kommen«, presste Ben Keddir zwischen den Zähnen hervor. »Sie wissen ja gar nicht, mit wem Sie es zu tun haben.«

Mit der Rückseite seiner Kanone riss Mc Cash ihm die Wange auf. Der Marokkaner klappte zusammen, der Kaschmir blutbespritzt, und klammerte sich an den Architekten, der über den staubigen Boden stolperte.

»Le Guillou«, sagte Mc Cash noch einmal zu Blanckaert, »seine Rolle war die des Schleppers, nicht wahr? Antworte mir, oder ich zerschieße deinem Playboy-Freund das Knie«, sagte er und zielte mit der Glock auf Levasseur. »Dann kannst du dich fürs Behindertentennis anmelden.«

Der Architekt wich zurück, mit einem flehenden Blick zu Blanckaert, der mit seinem zerfetzten Ohr in den Bart fluchte:

»Ich weiß überhaupt nicht, wovon Sie reden.«

»Hat Le Guillou Ihnen die Kinder geliefert?«, hakte Mc Cash nach.

»Le Guillou?«

Levasseur suchte nach einer Möglichkeit zu fliehen, aber der Einäugige hatte sein Knie im Visier.

»Davon möchte ich dir dringend abraten, mein Lieber«, bemerkte er. »Also?«

»Hören Sie, ich verstehe gar nicht, wovon Sie reden«, sagte Blanckaert stur. »Von welchen Kindern faseln Sie denn da?«

»Jetzt stellen Sie sich nicht dümmer, als Sie sind: Le Guillou ließ sich Straßenkinder liefern, und zwar über seine mehr oder minder mafiösen Netzwerke. Einer von diesen Kerlen hat mich überfallen, nachdem er gerade einen anderen exekutiert hatte, und was besonders lustig daran ist: Der Mörder hat kurz zuvor mit dir gesprochen.«

»Das ist unmöglich.«

Blut lief ihm aus dem Ohr und besudelte sein Gesicht. Da verwandelte sich die Angst, die in seinen Augen aufflackerte, in Zweifel.

»Es sei denn ...«

»Schieß los.«

»Mich hat einer angerufen. Ein Unbekannter ... Das ist jetzt fünf oder sechs Tage her. Das erste Mal teilte er mir mit, ich würde bald Opfer eines Komplotts werden, rückte aber nicht damit heraus, wer mir übel wollte und warum. Und dann schickte er mir ein Foto … Er wollte mich erpressen.«

»Was erzählst du mir da für einen Quatsch? Was für ein Foto?«

Ben Keddir hatte sich aufgerichtet, seine Wange war aufgerissen.

Er schien das Ganze auch nicht zu verstehen. Alle Blicke richteten sich auf Blanckaert.

»Ein Foto … Ein privates Foto«, sagte er.

»Was für ein Foto?«

Levasseur hatte seine Knie noch nie so lieb gehabt wie jetzt. Er pinkelte ein bisschen in seinen Slip. Da zog Blanckaert einen Umschlag hervor, den er in der Tasche seines Überziehers aufbewahrt hatte.

Seine staubigen Hände zitterten, als er ihm den Umschlag hinhielt.

»Das bekam ich vor zwei Tagen geschickt«, sagte er. »Eine Laserkopie … Am Telefon wurde mir eindeutig klargemacht, dass es noch weitere Fotos gibt, auch Filme, mit anderen Worten, dass ich überwacht wurde. Er wollte Geld für die Rückgabe der Originale und erklärte mir, wie er an die Dokumente gekommen war.«

Mc Cash riss den Umschlag auf, richtete seine Waffe zur Abschreckung weiter auf die beiden Männer und warf einen kurzen Blick auf das Foto. Es war von guter Qualität. Man sah Blanckaert mit halb geschlossenen

Augen, wie er sich von einer jungen Frau einen blasen ließ, während eine andere die Finger in seinem Anus stecken hatte. Myriam, Ledus Frau, und ihre Schwester Barbara, die hübsche Burschikose, der sie in Montfort begegnet waren … Schade.

»Was soll das heißen? Heimliche Orgien oder was?«

»Nichts als Gefälligkeiten zwischen Erwachsenen, einvernehmlich«, erwiderte Blanckaert.

»Ach ja?«, sagte er missmutig. »Wo fand das statt? Bei deinem Freund Levasseur?«

»Philippe ist mein Cousin.«

»Ein Familienfick, warum auch nicht?«, erwiderte Mc Cash ironisch.

»Was reden Sie da?«, grollte Ben Keddir.

»Erzähl weiter.«

»Philippe hat einen zweiten Wohnsitz auf dem Land«, fuhr Blanckaert fort, »wo er erotische Abende veranstaltet … Abende für Erwachsene.«

Der Marokkaner warf ihm einen bösen Blick zu.

»Hören Sie, das ist alles Privatsache«, fing Blanckaert wieder an sich zu rechtfertigen. »Ich tue niemandem etwas Böses, weder ich noch Philippe; außerdem ist Partnertausch nicht gesetzlich verboten, soweit ich weiß …«

Levasseur nickte, aber Mc Cash hörte gar nicht zu.

»Der Erpresser«, fragte er, »wie viel wollte der haben für seine Fotos?«

»Hunderttausend Euro.«

Das bei Le Guillou waren Dollars.

»Hast du ihn angezeigt?«

»Nein.«

»Warum nicht?«

»Ich hatte Angst.«

»Wovor? Wenn du so entschlossen zu deiner Sexualität stehst, warum hast du dann den Kerl, der dich erpresst hat, nicht einfach angezeigt?«

»Weil er mich auch vor einer Gefahr warnen sollte, die auf mich lauerte«, antwortete Blanckaert. »Diese Verschwörungsgeschichte. Ich musste davon unterrichtet werden. Die Fotos bewiesen, dass ich ausspioniert wurde. Dieser Abend ist schon mehrere Wochen her.«

»An welchem Tag genau fand das statt?«

Blanckaert drehte sich zu seinem Cousin um.

»Am ... Am 18.«

Am frühen Morgen des andern Tags hatte Mc Cash die kleine Leiche im Schlamm gefunden ...

»Und weiter?«, zischte er.

»Der Mann sollte mich wegen der Übergabemodalitäten anrufen, aber das hat er nie getan.«

»Weil er ermordet wurde«, erläuterte Mc Cash.

»Ja, kennen Sie ihn denn?«

Der Boss war offenbar nicht ganz auf dem Laufenden. Der Architekt auch nicht. Ben Keddir hielt sich die Wange und sann auf Rache.

»Le Guillou«, sagte der Einäugige. »Der Leiter des Kinderheims.«

Blanckaert blieb weiter völlig ungerührt, aber Levasseur erwachte aus seiner Starre:

»Le Guillou, der Erpresser?«

Der Ex-Bulle schüttelte den Kopf: Das Notebook, das er auf dem Trenchcoat gefunden hatte, hatte gar nicht dem Mörder gehört, er hatte es Le Guillou gestohlen. Was für ein Idiot.

»Das erklärt nicht, was das kleine ertrunkene Mädchen in der ganzen Geschichte zu suchen hat«, sagte er. »Wer sagt mir, dass die Fotos, die Le Guillou zurückgehalten hat, nicht genau die sind, auf denen das Mädchen zu sehen ist?«

Tiefes Schweigen an der Abrissstelle.

Mc Cashs Auge war rot vor Wut. Die anderen verstanden kein Wort.

»Nein … Nein, die Kinder … Das ist absurd! Das … So ist es nicht!«

Blanckaert war weiß wie das Gewand von Meisterchen Frost … Mc Cash grübelte, während er krampfhaft den Finger am Abzug hielt.

»Scheiße, ich sag dir eins: Wenn du lügst, dann wird's dir so richtig dreckig gehen …«

In seiner Stimme lag ein drohender Unterton, keiner zweifelte mehr daran, dass er bereit war, jemanden über den Haufen zu schießen. Blanckaert presste sich beide Hände auf die Brust:

»Ich schwöre Ihnen, das ist die Wahrheit.«

Der Schwur eines Schakals. Mc Cash deutete mit der Kanone auf den kleinen Koffer, der vor ihm auf den Boden gefallen war.

»Was ist da drin?«

Blanckaert warf Ben Keddir einen verräterischen Blick zu.

»Pläne.«

»Mach ihn auf«, befahl ihm der Ire, »und zwar ganz langsam ...«

Unter dem missbilligenden Blick des Marokkaners öffnete Blanckaert den kleinen Koffer, um ihm den Inhalt zu präsentieren. Darin lagen der Papierkram, den er sich am Vortag angeschaut hatte, und ein Bündel mit Geldscheinen von der Bank. Dollars.

»Wie viele sind das?«

»Fünfzigtausend«, antwortete Blanckaert.

»Ist das wieder so ein Schachzug des Erpressers?«, spottete Mc Cash.

Aber niemand hatte Lust zu lachen. Es hatte kein offizielles Angebot gegeben, weder in Frankreich noch in Marokko, und das Kunsthandwerkerviertel in der Medina war von vornherein nicht zu verkaufen.

»Was soll denn mit diesen Dollars geschehen? Ist das vielleicht ein heimliches Bestechungsgeld, das mit dem Bau der Riads in Verbindung steht?«

»Es wäre besser, wenn Sie hier die Fliege machen«, zischte Ben Keddir.

»Für wen arbeiten Sie?«, wagte der Boss ihn zu fragen.

»Antworte.«

»Hören Sie«, sagte Blanckaert beschwichtigend, »ich weiß, das ist alles ein bisschen undurchsichtig, aber seien Sie doch nicht naiv. Wenn Sie mich hier mit Ihrer

Waffe bedrohen, heißt das einfach, dass Sie auch kein Chorknabe sind: Die Kommissionen sind ganz offiziell Teil der Transaktionen. Letztlich ist es eine Frage der Dosierung …«

Die anderen nickten stumm.

»Wie viele Personen wollt ihr enteignen, um euer bescheuertes Riad-Land zu bauen?«

»Um die Leute hier brauchen Sie sich keine Sorgen zu machen, die werden entschädigt.«

»Mit Fußtritten.«

Blanckaert fuchtelte mit dem Arm herum.

»Sie haben ja gesehen, unter welch erbärmlichen Bedingungen die Menschen hier hausen. Mit dem Geld, das wir ihnen geben, können sie sich woanders etwas aufbauen. Außerdem werden wir Aufträge an Subunternehmer marokkanischer Firmen vergeben. Glauben Sie mir: Der Wiederaufbau der Medina ist von strukturellem Nutzen für Marrakesch und wird mittelfristig zahlreiche Investoren anziehen.«

Ausländer. Und wenn sie einmal aus ihrer Stadt vertrieben und die Mieten unerschwinglich geworden sind, dann können die Leute aus dem Viertel in einer der herrlichen Siedlungen dahinvegetieren, die man ihnen irgendwo am Stadtrand bauen wird.

»Ich weiß nicht, für wen Sie arbeiten«, fuhr der Industrielle fort, »aber Sie nehmen völlig fahrlässig Risiken auf sich, und das für eine Sache, die es gar nicht wert ist. Unser Freund hier arbeitet für sehr wohlsituierte Marokkaner, für die, ich möchte es noch einmal betonen, diese Kommissionsgelder, sagen wir es einmal so: vollkommen Usus sind.«

Das erklärte, warum es in der Medina noch keine Spur eines Immobilienprojektes gab: ein paar Schmiergelder für die örtlichen Entscheidungsträger, um den Handel abzuschließen, und sobald vollendete Tatsachen geschaffen waren, hatte die Bevölkerung keine andere Wahl mehr, als der Enteignung zuzustimmen, während sie schon woanders weiterspekulierten.

»Sie sollten besser auf das hören, was er Ihnen sagt«, legte Ben Keddir ihm ans Herz.

Mc Cash seufzte. Blanckaert glaubte, seine Abwehr schon gebrochen zu haben.

»Der Markt, das ist der Krieg«, sagte er.

Aber der Einäugige hatte allmählich die Nase voll von ihren Geschichten.

»Wie viel wollen Sie?«, erwiderte Blanckaert. »Hunderttausend? Zweihunderttausend?«

Eine schwarze Wolke zog vorüber.

»Ich scheiß auf dein Geld«, antwortete Mc Cash.

»Das sollten Sie besser nicht tun«, versuchte Blanckaert ironisch zu kontern, das Gesicht blutüberströmt.

Ein Windstoß wirbelte Staub auf.

Der Einäugige sah nicht den großen Blonden, der auf der Erde lag und gerade ein Auge öffnete, denn er befand sich im toten Winkel. Er dachte an Alice, die mit beiden Füßen in eine Bärenfalle getappt war, und an sich selbst beim Zählen der Toten … Seine leere Augenhöhle schickte ihm plötzlich ein flammendes

Feuer bis ins Gehirn, einen rasenden Schmerz quer durch den Kopf, der ihn zum Wanken brachte.

Ein Regen toter Kinder ging in einer blutigen Kaskade auf dem Brachland nieder. Er konnte nicht mehr richtig das Gleichgewicht halten.

Er vernahm nur noch so eine Art Getrappel in seinem Rücken, ein rhythmisches Geräusch, das sich mit voller Geschwindigkeit näherte: Hundepfoten in vollem Lauf. Mc Cash drehte sich genau in dem Moment um, als die Dogge ihn ansprang. Der Mann am Boden nutzte die Gelegenheit und stürzte sich auf die Glock seines Komplizen.

Mc Cash stöhnte auf vor Schmerz. Der Wächter, der ihn tags zuvor verprügelt hatte, kam vom Eingang der Baustelle herbeigelaufen, die Fangzähne seines Hundes zerfetzten seine verletzte Hand, und der Schmerz war so intensiv, dass er die Wunde in seiner Augenhöhle fast nicht mehr spürte. Aber die Wut war immer noch gleich stark: Er schoss der Dogge eine Kugel in den Kopf, der dabei zerplatzte. Warmes Blut spritzte ihm übers Gesicht. Anschließend zertrümmerte er den Schädel des dicken Blonden, als dieser gerade mit der Waffe auf ihn zielte.

Die Gesichter der Toten schwebten durch den Morgen, sie flogen durch die Luft, die kleinen Körper, vorbei an verrosteten Eisenträgern.

Der Wächter von Ben Keddir hatte ebenfalls seine Waffe gezogen: Er wollte auf ihn schießen, aber die anderen rannten in alle Richtungen davon, und so lief er Gefahr, sie zu treffen. Er stellte sich breitbeinig hin und zielte. Mc Cash schoss ihm aus zwanzig Metern Entfernung mitten in die Brust.

Da stürzte sich Blanckaert auf ihn und lenkte gleichzeitig die Kugel ab, die dem anderen Leibwächter zugedacht war, der jetzt auch plötzlich aufgetaucht war.

»Philippe«, schrie der Boss, während er versuchte, Mc Cash zu packen.

Der mit dem ausrasierten Nacken brauchte ein paar Sekunden, bis er den Revolver, der am Boden lag, wieder an sich gebracht hatte. Der Architekt packte Mc Cash bei dem Arm, mit dem er die Glock hielt, und versuchte, ihn mithilfe von Blanckaert und Ben Keddir zu Fall zu bringen. Vergeblich.

»Leg ihn um!«, blaffte er den Leibwächter an, der gerade aufstand.

Mc Cash ließ seinen Kopf auf den des andern knallen und brachte dabei dessen Augenbraue zum Platzen. Als Ben Keddir sah, dass sie nicht die Oberhand gewinnen würden, griff er in die Tasche seines Kaschmirmantels und zog eine Kleinkaliberpistole hervor. Der Schuss löste sich von ganz allein: Blanckaert brach sofort zusammen. Die Kugel hatte die Schulter durchbohrt, bevor sie beim Herzen wieder ausgetreten war. Levasseur stieß einen unterdrückten Schrei aus. In dem Durcheinander feuerte Mc Cash zwei Schüsse ab. Der erste schlug im Boden ein, der andere im Fuß des Playboys, der sofort losließ.

Ben Keddir, der ihn immer noch gepackt hielt, versuchte seine Kleinkaliberpistole auf den Schädel des Einäugigen zu richten, als er den Kanonenlauf an seiner Schläfe spürte: Sein Kopf zerbarst. Mc Cash spürte nicht die Schädelstückchen auf seinem Gesicht. In seinem Kopf brüllten die toten Kinder, und der andere Leibwächter hatte sich wieder seiner Waffe bemächtigt.

Der Mann mit dem rasierten Nacken eröffnete sofort das Feuer: Philippe Levasseur, der vor Schmerzen taumelte, wurde von zwei Kugeln in den Rücken getroffen. Er stürzte wie eine Marionette und gab das Ziel frei. Mc Cash schoss ein letztes Mal: Der Leibwächter brach auf den Paletten zusammen.

Der Wind wehte über die Baustelle, die jetzt seltsam ruhig war. Das Ganze hatte nur wenige Sekunden gedauert.

Mit blutbespritzter Sonnenbrille stand Mc Cash da und wusste nicht mehr, was er dort sollte, wie die Dinge geschehen waren. Die toten Kinder waren zusammen mit den Schüssen verschwunden, so viele Tote, und sie hatten alle keine Augen, weil überall grüne Wasserlinsen an ihnen klebten …

Hate and war

»WAS DARF ICH Ihnen bringen?«

Mit ihrem Tapirhintern und ihrem gekünstelten Lächeln besaß die Flugbegleiterin der Air France so viel Klasse wie eine übergewichtige Majorette.

»Einen Whisky«, antwortete Mc Cash, »mit etwas Wasser.«

Er hoffte, den Schmerz ertränken zu können, der ihm seit dem Morgen den Schädel durchbohrte, ohne große Hoffnung: Das Tier war aus seiner Höhle gekrochen und jagte jetzt auf seinem Territorium. Bald würde Krieg herrschen.

Das Atlasgebirge verschwand vom Seitenfenster, nicht aber die Angst. In der hintersten Ecke des Souk hatte er seine vollgeblutete Weste und die Waffen, die möglicherweise seine Fingerabdrücke trugen, in Bottiche mit faulem Wasser geworfen und dann das Weite gesucht. Die Schüsse hatten eine ganze Menge Leute angelockt, er war groß, man würde ihn leicht finden, ganz gleich, ob mit Augenbinde oder ohne, es würde nicht lange dauern, bis sie seine Personenbeschreibung zu Protokoll gegeben hätten. Mc Cash war durch den Souk gelaufen wie durch ein Traumbild, als wären die Leute um ihn herum gar nicht echt. Er fragte sich, ob er wohl Spuren hinterlassen hatte, irgendetwas, das ihn verraten könnte. Gehetzt von seinen eigenen Wahnvorstellungen, verließ er den Souk. Anschließend war er zum 205er-Peugeot zurückgegangen, der draußen geparkt stand, und bis zum Mamounia-Hotel gefahren. Dort hatte er seine Wunde gesäubert, festgestellt, dass sein linkes Auge gerötet war und das andere nicht, dann hatte er sich umgezogen, das Zimmer bezahlt, seine ausgediente Waffensammlung an der Straße zum Flughafen in eine Mülltonne geworfen, den Peugeot bei Hameds Cousin gelassen und das Ticket abgeholt, das er kurz zuvor per Telefon bestellt hatte, einen Rückflug nach Paris, gleich mit dem nächsten Flugzeug.

Er wusste nicht, ob die marokkanischen Behörden ihn zur Fahndung ausgeschrieben, einen Haftbefehl erlassen oder vielleicht sogar die Leichen identifiziert hatten. Jedenfalls hatte der Zollbeamte seinen Pass kaum angeschaut.

Aber deshalb war Mc Cash noch lange nicht aus der Sache heraus: Ledu erwartete ihn Gewehr bei Fuß. Mittlerweile dürfte Alice schon als vermisst gemeldet worden sein, ihr Plan, sie im Jura zu verstecken, würde nicht mehr lange aufgehen, und noch waren alle Fragen offen. Wer war sonst noch auf Le Guillous Fotos? Alain Blanckaert, Myriam Ledu und ihre Schwester Barbara, der Cousin Levasseur, wer noch? Und was war aus den Originalen geworden, den Videoaufzeichnungen? Hatten die Killer, die den Heimleiter ermordet hatten, sie bei der Gelegenheit eingesackt? Falls nicht, hatten die Gendarmen das Haus von Le Guillou wahrscheinlich vom Keller bis zum Dach auseinandergenommen. Damit wären sie auch im Besitz der Fotos. Es sei denn, Ledu tauchte auch auf diesen Fotos auf …

Die Flugbegleiterin schenkte ihm einen zweiten Whisky ein, aber es war alles umsonst: Sein totes Auge entlockte ihm ein paar gelbliche Tränen, ein so stechender Schmerz, dass er kaum noch etwas mitbekam. Das wilde Tier ließ ihn nicht mehr los, und dabei brauchte er doch ein wenig Zeit.

Der Steward verkündete, sie befänden sich jetzt in der Anflugphase. Paris, drei Grad. Mc Cash dachte an Alice, die er bald wiedersehen würde, und an das kleine Mädchen mit der roten Mütze, wie es im schmutzigen Wasser trieb …

*

ALAIN BLANCKAERT WAR nicht die Zielperson dieser ganzen Operation gewesen.

Er war bloß der Boss in diesem Wirtschaftskampf, in dem er sich behaupten musste, und der, um die berühmten fünfzehn Prozent für seine Aktionäre zu erreichen, keine andere Wahl hatte, als sich auf einen Kampf einzulassen, in dem alle Schläge erlaubt waren, auch die hinterhältigsten – und der sich dann selbst ins Verderben stürzte. Wer seinen Untergang wollte, das waren die Führungskräfte anderer Holdings, die sich eine Strategie ausdachten und handelten wie er selbst ein, paar seinen Interessen entgegenstehende Lobbyisten, ein paar Politiker des gegnerischen Lagers, unbestechliche Richter, Experten in missbräuchlicher Einflussnahme oder auch ambitionierte Hochschulabsolventen, jedenfalls Leute ganz anderen Kalibers als die Bewohner einer Kleinstadt in der Peripherie von Rennes.

Alain Blanckaerts Anwesenheit im Departement Montfort-sur-Meu war auf seine sexuellen Vorlieben zurückzuführen, nicht auf geschäftliche Machenschaften, wie niederträchtig auch immer sie sein mochten. Die pikanten Abende bei seinem Cousin, diesem Playboy: Dem musste man weiter nachgehen. Le Guillou hatte die nötigen Verbindungen, um heimlich Straßenkinder kommen zu lassen, Opfer, die nie etwas sagen würden, und er hatte die Mittel, Blanckaert zu erpressen. Der Leiter des Kinderheims musste Komplizen haben. Für wen arbeitete er? Wenn nicht für Blanckaert, dann vielleicht für Levasseur? Eher unwahrscheinlich – Mc Cash konnte sich nur schwer vorstellen, dass der Architekt seinen reichen Cousin einlud, um ihn wegen eines Gemauschels zu erpressen, das er selbst in die Wege geleitet hatte, einmal ganz zu schweigen davon, dass sich nach Abschluss der Ermittlungen herausstellen würde, dass Levasseurs Architekturbüro sich nur dank der Unterstützung durch die Geschäftsfonds seines Cousins so gut entwickelt hatte, während dieser nicht vor Dumpingmethoden zurückschreckte, um sich auf dem Markt zu behaupten, Mitstreiter in den Ruin zu treiben und sich das Monopol zu sichern – »Angewandte Marketingtechnik« hatte Nathalie das genannt, die kleine Blonde vom Geheimdienst, die er auf den Fall angesetzt hatte.

Ganze fünf von den sechs Architekten, die im Kanton Montfort ihrem Beruf nachgingen, hatten ihre Büros dichtmachen müssen, das statistische Ergebnis war im ganzen Departement das Gleiche: In seinen zehn Berufsjahren hatte Levasseur gründlich aufgeräumt. Übrig geblieben war nur noch das alte Architekturbüro von Charles Sainte-Perse, der ihm allerdings nur ein paar Krümel streitig machte …

»Was ist los, dass du so ein Gesicht ziehst?«, hatte Nathalie gefragt, die er zum Mittagessen eingeladen hatte.

Charles Sainte-Perse. Seine Frau Marguerite arbeitete als Ehrenamtliche im Kinderheim, er war ihr an Weihnachten begegnet, zusammen mit Alice. Sie wusste, dass Alice bei den Plabennecs lebte. Sie könnte die Killer gewarnt haben …

*

VON WINDBÖEN GEPEITSCHT, fegte der Regen über die aufgeweichte vierspurige Straße. Mc Cash fuhr in Zeitlupe, mit der Nase fast an der Windschutzscheibe. Er konnte nichts erkennen, seine leere Augenhöhle juckte ihn, und er konnte sich nicht kratzen – es sei denn, er verstümmelte sich selbst. Sean hatte ihm zwar Schmerzmittel gegeben, bevor er in die Bretagne zurückgefahren war, aber das wilde Tier war zurückgekehrt. Bald würde er sich nur noch im Dunkeln einschließen und abwarten können, dass es vorbeiging. Falls es denn vorbeiging … Mc Cash fuhr im Schritttempo, als er endlich die Ausfahrt sah: Montfort-sur-Meu.

Charles und Marguerite Sainte-Perse wohnten in einem Herrenhaus in einem ländlichen Waldstück, in dem es keinen Kreisverkehr gab. Das verrostete Gittertor stand offen.

Er lenkte den Leihwagen auf die Allee.

Über den Wolken zeigte ein schüchterner Mond seine Krater. Mc Cash parkte mitten auf dem Hof, bei einem Audi und einem Coupé, das auch schon langsam in die Jahre kam. Die Vorhänge des Wohnzimmers waren zugezogen, aber über den Hortensien drang Licht durch die Ritzen. Da der Ire keinen Wachhund ausmachen konnte, ging er bis zur Freitreppe vor und zog an der langen Glocke, die dort hing.

Es war ein schönes, zweistöckiges Haus, ein kleiner Landsitz mit efeuüberwucherter Fassade. Fast augenblicklich ging die Tür auf. Marguerite Sainte-Perse trug ein anthrazitfarbenes Kostüm und einen Markenschal, der ihre zarten Schultern bedeckte. Sie war nicht allzu überrascht, ihn auf der Freitreppe stehen zu sehen:

»Sie wünschen?«

Der Klang ihrer Stimme hätte einen Panzer zum Stehen gebracht.

Der Einäugige trat ins Licht der Eingangshalle, damit sie sein Gesicht sehen konnte.

»Die Wahrheit über das Mädchen, das ertrunken aufgefunden wurde«, sagte er. »Desgleichen über die Morde an Le Guillou und dem Ehepaar Plabennec.«

Marguerite Sainte-Perse wich keinen Zentimeter zurück. Mit ihren fünfundsechzig Jahren war sie barsche Töne und unerbittliche Haltungen gewohnt.

»Was reden Sie da?«

»Le Guillou hat Blanckaert erpresst. Warum?«

Mc Cash hatte keine Waffen, nur die Messer in seinem Auge.

»Wer schickt Sie?«, fragte sie trocken.

Mit ihrem mit Haarspray gefestigten Dutt und ihrem leicht verkniffenen und überheblichen Gesichtsausdruck erinnerte sie an eine andere Eiserne Lady …

»Ich bin groß genug, um mich allein um meine Sachen zu kümmern«, sagte er. »Levasseur macht seine kleinen Geschäfte mit Blanckaert. Weiß Ihr Mann darüber Bescheid?«

»Was ist da los?«, tönte eine Männerstimme aus dem Wohnzimmer.

Sie hatten gerade zusammen ferngesehen.

»Nichts, mein Schatz!«, antwortete seine Frau dreist. »Es ist für mich …«

»Um diese Zeit?«

»Das ist eine Überraschung«, schwindelte sie, »sei nicht so neugierig!«

Das schien Charles Sainte-Perse zu genügen, denn man hörte nur noch das Gelächter aus dem Fernsehen. Die Augen seiner Frau dagegen stachen kleine Nadeln in Püppchen.

»Das Mädchen ist über Ihren Freund vermittelt worden, den Heimleiter des Kinderheims«, sprach Mc Cash weiter, »und jetzt sagen Sie mir nicht, Sie wüssten nicht Bescheid.«

Ihre Blicke kreuzten sich wie Fernlichter in der Nacht. Marguerite zögerte, aber es gelang ihr nur schlecht. Es entsprach nicht ihrem Temperament. Da wusste der Ire, dass er ins Schwarze getroffen hatte, sein alter Polizisteninstinkt sagte ihm, dass er gerade einen Blick hinter die Kulissen geworfen hatte. Er war zwar schon halbtot, er verfaulte zwar schon bei lebendigem Leibe, aber in ihm gab es noch eine Seele, die den Faden durchs Öhr des Mysteriums fädelte, wie Angélique immer gesagt hatte …

»Sie wussten Bescheid, dass bei Levasseur die ein oder andere Nummer geschoben wurde, nicht wahr?«, sagte er. »Sie haben die Fotos und die Beweisvideos?«

Marguerite ließ sich nicht beirren.

»Für wen arbeiten Sie?«

»Weiß Ledu auch Bescheid?«

»Antworten Sie auf meine Frage!«

Mc Cash packte sie beim Hals und zerquetschte ihre Brosche ein wenig:

»Nein: Sie werden mir jetzt die Fotos zeigen. Und zwar gleich.«

»Was soll das, mein Schatz?«, hörte man wieder die Stimme aus dem Wohnzimmer. »Was ist das für ein Lärm?«

Marguerite biss die Zähne zusammen.

»Erster Stock«, sagte sie.

Dass ein halbblinder Ex-Bulle es wagte, sie anzufassen, ging der Hausherrin ganz entschieden gegen den Strich. Sie machte sich mit herrischer Geste los und hielt von nun an Abstand.

»Gehen Sie voran«, befahl ihr der Einäugige mürrisch.

Charles saß im Wohnzimmer in seinem Sessel und gab keinen Ton mehr von sich. Ein seltsames Quallentier … Ein bordeauxfarbener Teppich wallte die Stufen hinunter. Im großen Spiegel auf der Treppe erhaschte Mc Cash einen Blick auf sich selbst und fand, dass er schlimm aussah. Die über sechzig Jahre alte Dame, die ihm voranging, erklomm die Stufen mit ihrem beigen Schal über den Schultern wie auf Samtpfoten, eine hagere Frau mit einer vorbildlichen Körperhaltung.

Marguerite Sainte-Perse war alles andere als müßig, sie verfolgte karitative Projekte, die ihr den Großteil ihrer Zeit raubten, und kümmerte sich darüber hinaus um die Buchhaltung ihres Mannes. Das Büro im ersten Stock war vollgepackt mit sauber geordneten Akten, einem Flachbildschirm, einem Scanner und einem ganzen Haufen elektronischen Materials.

»Warum wollen Sie Ihren Mann aus allem heraushalten?«, fragte Mc Cash beharrlich nach.

Marguerite blickte forschend in das rote Auge, das sie anstarrte.

»Was wissen Sie?«, fragte sie.

»Le Guillou hat Blanckaert erpresst. Dessen Cousin heißt Philippe Levasseur und ist zudem der Hauptkonkurrent Ihres Gatten, einer der letzten Dinosaurier seiner Art, zum Aussterben verdammt ...«

»Charles ist immer noch bestimmten Werten verhaftet, doch diese Edelmütigkeit ist heute nicht mehr gefragt«, sagte sie, um ihn zu verteidigen.

»Wollen Sie damit sagen, dass er keinen Schimmer von der Sache hat?«

Marguerite antwortete nicht – sie hatte einen Kloß im Hals.

»Keinen Schimmer von den Orgien bei Levasseur«, hakte Mc Cash nach, »oder von der Arbeit überhaupt?«

Auf diese Provokation hin verzog sie den Mund.

»In unserer Familie küsst man nicht die Schlange, die einen beißt«, sagte sie mit beängstigendem Gleichmut. »Charles hat mit diesen Praktiken nichts zu tun.«

»Aber sein Büro mit dem von Levasseur«, blieb der Einäugige hartnäckig am Ball. »Ich dachte, er wollte mit Dumpingmethoden nichts zu tun haben ... Sie sind ruiniert, nicht wahr?«

Marguerite Sainte-Perse, geborene Chalon de Valat, war eine Frau der Macht: Ihr zu widerstehen, ging über ihre Kräfte. Das Schicksal ließ sich beugen, das war eine Frage des Willens, Geld war eine Gabe, wenn schon keine natürliche, dann eine vererbte, wie ein Blutrecht.

»Wie ich sehe, kümmern Sie sich um die Rechnungen«, sagte Mc Cash und drehte sich zu den Regalen um. »Ich habe weder Zeit noch Lust, mich in diese Akten zu vertiefen, also antworten Sie mir, sonst werf ich Ihren belämmerten Gatten aus dem Fenster.«

Am glänzenden Dutt der alten Lady rührte sich kein Härchen.

»Charles' Architekturbüro existiert noch dank der Gelder, die ich hineinpumpe.«

»Hat Levasseur sich alles geangelt?«

»Charles hat darauf bestanden, sein gesamtes Personal zu behalten, obwohl Levasseur ihm bereits die Hälfte der Kundschaft weggeschnappt hatte, und über die andere Hälfte wollte er sich auch bald hermachen«, sagte sie, ohne jeden Rechtfertigungsversuch. »Charles hat seit Jahren keinen Plan mehr gezeichnet. Er hat überhaupt keinen wichtigen Auftrag mehr gehabt, alle Großunternehmen wenden sich an Blanckaert; heute erstellt Charles – mit Ausnahme von den Plänen für ein paar Privathäuser, die noch die Illusion erwecken, dies hier sei ein lebendiges Architekturbüro – nur noch Expertisen. Mein Mann bildet sich ein, er habe eine wertvolle Ehrenfunktion inne, er macht sich überhaupt nicht klar, wie die Lage wirklich aussieht ...« Dem folgte ein kurzes Schweigen, das bleischwer war, da so viel Unausgesprochenes darin lag.

»Ich bin sechs Jahre älter als mein Mann«, sagte sie, »und Charles hat mein Familienerbe aus verschiedenen Gründen immer überschätzt. Es ist nicht das erste Mal, dass er sich daran bedient, aber diesmal konnte ich mich noch so sehr bemühen, mit ihm zu reden, er hatte einfach kein Einsehen, dass es mir unmöglich war, sein Büro mit Geldspritzen bis ans Ende aller Tage am Leben zu erhalten. Und dann wurde alles nur schlimmer … Auf mein beharrliches Drängen hin hat Charles sich von drei Angestellten getrennt, aber das war nicht genug. Wenn man sich die Situation einmal ganz klar vor Augen hält, dann ist es mit dem Architekturbüro Sainte-Perse aus und vorbei.«

»Es sei denn, die Ursache des Übels wird beseitigt.«

Und die war dieser Philippe Levasseur, der seinen Erfolg dem Dumping seines Cousins aus dem Baugewerbe verdankte, sonst drohte der Ruin, der Verlust der Ehre und all der Werte, die gemeinhin damit einhergehen.

»Levasseur ist ein ganz übler Hund«, zischte sie, »und sein Cousin ein Hai, der in trüben Gewässern fischt, einer, der mit Verträgen wuchert – in der Tat eine schöne Familie!« Ihre Augen wurden feucht. »Schon der Vater und der Bruder machten in aller Heimlichkeit ihre Schiebereien, kleine Betrügereien, die nie so ganz illegal waren, aber am Ende ganz schön was einbrachten … Auf ihre ganz besondere Art verdreifachten die Söhne den Einsatz der Väter.«

In ihren kalten Augen sah man Sprenkel verhaltener Wut. Mc Cash begriff, wie aufrichtig Marguerite ihm gegenüber war.

»Sie wollten Blanckaert nicht erpressen, nicht wahr?«, sagte er. »Das war Le Guillous Idee.« Als sie nichts sagte, fuhr er fort: »Nein, Sie wollten nicht einfach dem Konkurrenten Ihres Mannes Geld abpressen. Sie wollten ihn vernichten. Brauchten Sie dazu das kleine Mädchen, das ertrunken ist? Sie war der Köder, der Levasseur und seinen Cousin in die Falle locken sollte. Deswegen hatten Sie sie mit dem Mädchen gefilmt, während einer ihrer berüchtigten Sexorgien. Ein Haufen Leute konnten bestätigen, dass sie in seiner Junggesellenbude stattfanden. Sie würden die Dokumente veröffentlichen, sie an die Gendarmerie und die Zeitungen schicken, und schon würden Levasseur und Blanckaert der Pädophilie angeklagt ...«

Ein nächtlicher Windstoß drückte gegen das große Fenster im Büro.

»Der Leiter des Kinderheims hatte Kontakte in Rumänien«, fuhr Mc Cash fort. »Sie haben ihn dafür bezahlt, dass er Ihnen das fragliche Lämmchen lieferte und Leute fand, die ihm eine Falle stellten; nichts leichter als das, solange der Preis stimmt ... und dann ein Straßenmädchen, eine arme Elendsgestalt, die nicht einmal Französisch sprach, das gab ihr einen Opferstatus, nicht wahr?«

Sie spürte den Atem des Einäugigen auf dem Gesicht.

»Das Kind sollte nicht mitbekommen, was mit ihm

geschah«, antwortete Marguerite mit unerschütterlicher Gelassenheit. »Auch sie sollte unter Drogen gesetzt werden.«

»Wie Levasseur und Blanckaert.«

»Die Leute, die ich engagiert habe, sind Spezialisten in derlei Operationen. Sie gehen ein wenig indiskret vor, aber gewöhnlich sind sie effektiv. Sie würden sich gut mit ihnen verstehen.«

Mc Cash reagierte nicht auf ihre Andeutungen.

»Wo kommen diese Typen her?«

»Sagen wir mal so, sie treiben sich im Umfeld der NGOs herum …«

»›Hope and Faith.‹«

»Ich sehe schon, Sie sind gut informiert.«

»Hat Le Guillou den Kontakt hergestellt?«

»Ja. Aber wir haben ihn schon bald nicht mehr gebraucht.«

»Einer der Typen trug Papiere von der Armee bei sich«, fuhr Mc Cash fort, »was sind das für Leute, Söldner?«

»In Kriegszeiten schon«, gab sie zu. »In Friedenszeiten nennt man sie anders …«

Barbaren, verkauft an den Meistbietenden, gab es schon im Römischen Imperium oder in der Renaissance; nur die Techniken hatten sich geändert. Manche waren auf Entführungen und Folter spezialisiert, andere begnügten sich damit, pornographische Fotos zu machen, um politische oder wirtschaftliche Gegner in Misskredit zu bringen …

»Leider funktionierte es überhaupt nicht wie vorhergesehen«, schloss Mc Cash. »Als Le Guillou sah, dass die Schlinge sich immer mehr zuzog, versuchte er, Sie übers Ohr zu hauen, um seine Haut zu retten. Ein Schachzug, der ihm genug einbringen würde, um sich ins Ausland abzusetzen. Er wollte Blanckaert erpressen – und Sie haben ihn getötet.«

»Le Guillou war das schwächste Glied in der Kette«, sagte sie kalt.

»Das erklärt noch nicht, was mit der Kleinen geschehen ist.«

»Ein Unfall.«

»Aber ja doch.«

»Das ist die Wahrheit.«

Er rückte ihr noch näher auf den Pelz, mit stechenden Schmerzen rund ums Auge.

»Das müssen Sie mir jetzt aber mal alles erklären«, sagte er mit tonloser Stimme, »und zwar ganz genau.«

Marguerite Sainte-Perse nestelte an ihrem Armband herum, einer Art Goldkettchen. Den Atem des Mannes, der jetzt geradezu an ihr klebte, fand sie abstoßend.

»Ich wusste, dass man für wenige Tage vor Weihnachten einen Abend vorbereitet hatte«, sagte sie und wich einen Schritt zurück. »Dann brachte man über unsere Kontaktleute in Rumänien das Mädchen zu Le Guillou. Dort sollte es ein Schlafmittel bekommen, damit die anderen in der Zeit das Aufnahmematerial für die Videofilme in Levasseurs Einzimmerwohnung verstecken konnten. Sie sollten Szenen drehen, anhand derer man den Ort und die anwesenden Personen identifizieren konnte, dann abwarten, bis die Paare wieder nach Hause gegangen waren, und schließlich Philippe Levasseur in seinem Bett überraschen und ihn unter Drogen setzen. Und gegebenenfalls auch die Person, die bei ihm schlief, ganz gleich, ob Männlein oder Weiblein.«

GHB, die Vergewaltigungsdroge, Mc Cash kannte die chemische Verbindung, die dazu führte, dass man Dinge tat, an die das Opfer sich überhaupt nicht mehr erinnern konnte.

»Denn Levasseur war zwar verdorben bis ins Mark«, sagte er, »aber ein Pädophiler war er nicht.«

Marguerites Schweigen sprach Bände.

»Und was hatte Blanckaert in dem Ganzen verloren?«

»Ich wusste gar nicht, dass er dabei sein würde.«

Mc Cash nickte. Trotz der zweifelhaften Herkunft der Videos konnte Levasseur immer noch alles abstreiten. Er war sehr wohl auf den Bändern zu sehen, das Ganze fand in seiner Einzimmerwohnung in La Noye statt, Szenen einer Sexorgie, gefolgt von unsittlichen Berührungen einer Minderjährigen, die keine sechs Jahre alt war. Keine Jury würde ihm glauben, das Ganze sei ein abgekartetes Spiel, eine Inszenierung gewesen. Der Name Levasseur und auch der Name Blanckaert wären auf diese Weise in den Dreck gezogen und das Architekturbüro für alle Zeiten erledigt.

Ein kleiner süßer Traum, ätzend wie Salzsäure.

»Dummerweise hat Le Guillou die Kleine entkommen lassen«, sagte Mc Cash.

»Er ist ein Vollidiot, das hab ich Ihnen schon gesagt.«

»Das erklärt mir aber noch nicht, was passiert ist.«

»Das weiß man nicht so genau«, sagte sie. »Le Guillou hat die Kleine angeblich in einem abgesperrten Zimmer schlafen gelegt, und da er dachte, sie wäre zu schwach, um aufzustehen, hat er nicht damit gerechnet, dass sie versuchen würde, durchs Fenster zu entkommen ... Es gibt in der Nähe einen Weg, der am Fluss entlangführt.«

Der war Mc Cash schon aufgefallen.

»Es war drei Uhr morgens, als Le Guillou ihr Verschwinden bemerkte«, fuhr Marguerite fort. »Sie machten sich sofort auf die Suche nach ihr, aber es war eine stockfinstere Nacht und ... Na ja, sie ist verschwunden ... Wie ich Ihnen schon sagte, ein Unfall. Ein bedauerlicher Unfall.«

»Entführung, Kindesraub, zwangsweise Verabreichung von Betäubungsmitteln, nennen Sie das einen Unfall?«

»Sie hätte eigentlich höchstens zwei Tage in diesem Zustand bleiben sollen, dann hätte man sie wieder ins Waisenhaus zurückgebracht.«

»Zwei Tage Schwänze lutschen«, führte er aus. »Finden Sie, dass man mit sechs Jahren im richtigen Alter dafür ist?«

Marguerite Sainte-Perse ging nicht auf seine Bemerkung ein:

»Es war ein Unfall.«

Mc Cash dachte über den Alptraum nach, den dieses Mädchen durchgemacht haben musste, als ihre Angst sie nach dem Aufwachen aus dem Koma dazu trieb, aus dem Fenster zu springen und allein durch die stockdunkle Nacht zu fliehen. Er stellte sich vor, wie sie die Tränen zurückhielt, um den Schlepper nicht zu alarmieren, und wie der Fluss ihr plötzlich den Weg versperrte und sie dem Ufer folgte, weil sie ja fliehen musste, die Dunkelheit, die sie bedrückte, und immer diese Angst, die sie am Ufer des Meu entlangtrieb, überall diese Leere, diese Verlassenheit. Er stellte sich vor, was für ein Alptraum das gewesen sein musste, wie sie am Ufer ausrutschte und ins schwarze Wasser fiel, ins eiskalte Wasser, das ihre Brust umschloss und ihr die Luft raubte, dann ihr Weinen, als sie dagegen ankämpfte, ihre jämmerlichen Hilferufe und die Kälte, die sie hinabzog in den Schlamm, mit ihren Giraffenwimpern und ihrer bescheuerten roten Kapuzenmütze …

Er dachte an Alice, und das machte alles nur schlimmer.

»Und das Gemetzel bei den Plabennecs, war das auch ein Unfall?«

»Ich hätte nie gedacht, dass sie so weit gehen würden, das sind brutale Verbrecher.«

»Das hätten Sie wissen müssen, genau aus diesem Grund haben Sie sie ja eingestellt.«

»Niemand sollte zu Tode kommen, davon sind wir ausgegangen.«

»Erklären Sie das mal den Plabennecs.«

Sainte-Perse ließ sich nicht aus der Ruhe bringen.

»Sie haben hier Verwirrung gestiftet«, sagte sie. »Ich dachte, Sie arbeiten für Le Guillou. Dass Sie mich auch übers Ohr hauen wollten. Ich musste Sie aus dem Weg räumen. Ich hatte keine andere Wahl. Ich hatte Sie mit Alice im Heim gesehen, deshalb dachte ich, sie würde mich zu Ihnen führen. Ich wollte nicht, dass die Dinge sich so zuspitzen. Es tut mir leid um diese Leute.«

Marguerite Sainte-Perse hatte einen Finger ins Getriebe gehalten, und es hatte ihr den ganzen Arm abgequetscht.

»Zeigen Sie mir das Video«, sagte er mit tonloser Stimme. »Und die Digitalfotos. Aber dalli.«

Marguerite wich bis zur Schreibtischplatte zurück. Er packte sie beim Handgelenk und drückte zu, als wollte er es brechen.

»Das ist alles auf CD gebrannt«, sagte sie aufjaulend.

Er schubste sie in Richtung Computer.

»Beeilen Sie sich.«

Die Drohung war deutlich. Marguerite rieb sich das schmerzende Handgelenk und schaltete den Computer ein.

»Mein Mann weiß von nichts«, wiederholte sie, als ob das noch in irgendeiner Form von Bedeutung wäre. »Er darf das nicht wissen. Das könnte er nicht verkraften. Es würde ihn umbringen … Verstehen Sie das?«

»Nein.«

»Ich liebe meinen Mann«, sagte sie.

»Mir doch egal. Zeigen Sie mir die Fotos.«

Der Schmerz, der sich ihm in den Schädel bohrte, raubte ihm immer mehr die Geduld.

»Le Guillou ist an allem schuld«, sagte sie, während sie die CD in den Laptop schob. »Wenn er getan hätte, was er hätte tun sollen, dann wäre es nicht so weit gekommen ...«

Auf dem Bildschirm erschienen die ersten Digitalfotos. Darauf waren Levasseur zu sehen und die beiden Schwestern, wie sie von hinten genommen wurden, Blanckaert und Myriam, während sie ihm gerade einen blies (davon hatte er eine Kopie in seiner Tasche), und noch andere Leute, in anderen Stellungen ... Die Gesichter waren nicht immer klar zu erkennen, einige waren abgeschnitten, Levasseur oder Blanckaert waren auf den meisten Aufnahmen zu sehen, aber es gab ganz offensichtlich kein Kind ...

Die alte Schachtel hatte also die Wahrheit gesagt.

Mc Cash ging die Fotos eins nach dem anderen durch, als sich ihm das Herz zusammenzog: eine junge Frau auf allen vieren, die ihre Zunge in ein weibliches Geschlecht steckte ... Saholy.

Die Sozialarbeiterin.

Auch sie war in die Sache verwickelt.

Sie hatte ihn angelogen. Von Anfang an ... Was für ein Idiot er doch war, dass er sich eingebildet hatte, er könnte ihr vertrauen, nur weil sie miteinander geschlafen hatten, und sie würde Alice beschützen ... Er wurde von einem gewaltigen Zweifel gepackt. War Alice ebenso in Gefahr wie das ertrunkene Mädchen?

Er deutete mit dem Finger auf die Mulattin:

»Hat diese Frau Ihnen die Informationen über die Abende bei Levasseur verkauft?«

Etwas in seiner Stimme klang, als wollte er die Welt aus den Angeln heben.

»Nein«, antwortete Marguerite Sainte-Perse. Sie deutete auf Levasseurs Schwägerin. »Die hier war's ... Barbara. Eine käufliche Frau, die man mit Leckereien fängt. Und die ihren Schwager mindestens ebenso hasst wie ihre Schwester.«

Mc Cash fühlte einen dumpfen Schmerz im rechten Augapfel und hatte das Gefühl, betrogen worden zu sein. Er sah nicht den Mann in seinem Rücken. Charles Sainte-Perse stand aufrecht im Türstock, einen Revolver in der Hand.

»Wie konntest du nur?«, hauchte er. »Wie konntest du nur so etwas tun?«

»Schatz, du ...«

Mit einer einzigen Handbewegung brachte er sie zum Verstummen.

»Lass es«, sagte er, »ich habe alles mitgehört.«

Marguerites Gesicht fiel in sich zusammen wie schmelzendes Wachs.

»Das ... Das ist entsetzlich«, sagte er und umklammerte seinen Revolver noch fester. »Was du getan hast ...«

Charles schüttelte sein grau meliertes Haar, ungläubig, entsetzt. Er trat für eine Form des Kapitalismus ein, die in den Augen seiner Frau obsolet geworden war, ein Konzept, von dem er nie abweichen wollte, er mit seinem selbstgerechten Experten-Paternalismus, der in einer Welt des Wettkampfes, in der es oberstes Ziel war, den anderen auszuschalten, nichts galt. Marguerite hatte das System eins zu eins angewandt, das war ihre Art, den Aufstand zu proben ... Charles war in die Enge getrieben worden. Jetzt sprang ihm all das ins Gesicht, was er nie gewollt hatte, ihre alten Neurosen, die Kruste, unter der sich der Eiter verbarg, das Grauen, für das sie verantwortlich waren ... Die Eheleute starrten einander an, die eine so blass wie der andere.

»Ich rate Ihnen, diese Waffe fallen zu lassen«, warf Mc Cash ein.

»Treten Sie zurück«, sagte Charles und drohte ihm. »Treten Sie zurück!«

Seine Lippen zitterten. Er zog den Schlüssel aus dem Schloss, ging türknallend hinaus und sperrte doppelt hinter sich ab.

Der Einäugige wollte sich schon auf die Tür stürzen, als er eine Gefahr lauern spürte. Er fuhr herum und sah Marguerite die Schreibtischschublade aufziehen. Darin lag eine geladene Remington. Ihr blieb nicht die Zeit, auf ihn zu zielen. Mc Cash stürzte sich auf die alte Dame und rammte ihr unter Einsatz all seiner Kräfte die Faust ins Gesicht.

Marguerite Sainte-Perses Kopf wurde nach hinten geschleudert und knallte gegen die Sessellehne. Der Kopf prallte ab, und sie fiel wie eine dumpfe Masse zu Boden. Mc Cash wartete nicht, bis klar war, ob sie wieder aufstehen würde: Er stürzte zur Tür, die beim fünften Fußtritt zerbarst.

Auf dem Flur wurde er von einem lauten Knall überrascht.

Pulvergestank lag in der Luft. Er fand den Architektengatten im Nachbarszimmer, eine Kugel im Kopf.

Im Eifer des Gefechts hatte Charles Sainte-Perse sein Ziel ein wenig verfehlt. Seine Hand hielt noch den Revolver, der ihm dann zu Füßen fiel. Knorpel- und Gewebestückchen sprenkelten die Wand. Er wollte sprechen, aber es kamen nur noch Blutbläschen aus dem Mund, die schäumend auf seinen Lippen zerplatzten.

»Ich rufe einen Krankenwagen«, murmelte der Einäugige.

Der Architekt wollte schon abwinken, aber seine Hand war zu kraftlos dazu. Seine Augen verdrehten sich – er tat seinen letzten Seufzer.

Als Mc Cash zurückging, rann ihm der Schweiß in Strömen den Rücken hinab. Marguerite Sainte-Perse badete in ihrem Blut, die Lippe war gespalten, zwei Zähne waren ausgeschlagen.

Er riss die Telefonkabel aus der Wand und kniete sich nieder. Sie atmete kaum noch, lag reglos und mit ins Leere blickenden Augen da, nach dem schrecklichen Fausthieb, mit dem er sie zusammengeschlagen hatte … Mc Cash seufzte: Fast hätte er sie umgebracht. Wie Angélique. Mit bloßen Händen …

Armagideon time

»WARTEST DU SCHON lange?«

»So an die fünfzig Jahre?«

»Ach was! Für so alt hätte ich dich gar nicht gehalten«, erwiderte sie.

»Komm in meinen Graben runter, dann wirst du schon sehen.«

Sie deutete ein Lächeln an – ihre gebrochene Nase machte ihr noch zu schaffen.

Sie hatten sich bei Chez René verabredet, einer Kneipe voller Provinzheinis mit Burgundernasen, deren philosophische Haltung sich darauf beschränkte, Fliegen zu zählen. Mc Cash wollte ein paar Worte mit der Sozialarbeiterin wechseln, bevor er auf Ledus Vorladung antwortete, und diese Kneipe, die noch aus der Bauernära zu stammen schien, war der letzte Ort, an dem man ihn vermuten würde.

Der Einäugige hatte am Vorabend in den Bars in Rennes etwas getrunken, und zwar weit über den Durst. Er hatte die Nase voll von Toten, Lügnerinnen und Verrätern. Er hatte getrunken, um das Unheil abzuwenden und den Eiter, der ihm aus dem Auge lief, in Alkohol zu ertränken, aber es hatte nicht funktioniert. Er war wie in alten Zeiten auf der Straße aufgewacht, unter dem Torbogen der Porte Mordelaise, schlotternd und schmutzig. Mc Cash hatte sich in einer Bar unten an der Place des Lices aufgewärmt, am Tresen ein paar Kaffees mit einem Schuss Calvados getrunken, um weiter durchzuhalten, und alles verschlungen, was ihm in die Finger kam. Anschließend hatte er in der Nähe eines Sees zwei Stunden in seinem Auto geschlafen, bevor er nach Montfort fuhr, wo er sich verabredet hatte.

Mittlerweile sprachen die Stammgäste schon über nichts anderes mehr als die Verbrechen, die die Stadt erschüttert hatten, und als die junge Frau mit der gebrochenen Nase das Bistro betrat, erregte sie Aufsehen: Der Ire bezahlte seinen Kaffee und verließ die Kneipe mit all den Dorftrotteln.

»Wo ist die Kleine?«, fragte er im Hinausgehen.

»Bei mir zu Hause, so wie du es gesagt hast«, erwiderte Saholy. »Ich habe sie dort abgesetzt, als ich vorhin kam.«

»Wie geht es ihr?«

»Im Jura hat es ihr besser gefallen«, sagte sie mit einem Blick in den Himmel, der deutlich machte, warum.

Saholy hatte die Distanz gespürt, und daher hielt sie auch Abstand:

»Warum wolltest du, dass wir jetzt schon zurückkommen?«

»Ich muss noch mit dir reden, bevor ich zu Ledu gehe.«

»Hätten wir das nicht auch telefonisch regeln können?«

»Nein.«

Sie sah ihn schräg von der Seite an:

»Sag mal, dein Auge ist so komisch rot. Was ist denn mit dir?«

Mc Cash öffnete die Tür des Clio, den er auf dem Platz geparkt hatte.

»Lass uns eine kleine Fahrt machen …«

Die Mulattin wurde nicht misstrauisch. Er ließ sie ans Steuer.

Sie nahmen die noch von Raureif überzuckerte Straße nach Iffendic. Auf den Wiesen lag kein Schnee mehr, es war alles nur noch Matsch. Mc Cash fühlte sich niedergeschlagen. Er war hierhergekommen, weil er sich vergewissern wollte, dass seine Tochter, wenn er sich dann eines Tages empfahl, auch ohne ihn klarkommen würde. Er hatte Leute umgebracht, einen Haufen Leute … Sogar vor ihren Augen – das war das väterliche Vorbild, das er ihr auf den Weg mitgab. Und jetzt noch Saholy, die an den Sexorgien bei Levasseur teilgenommen und ihm nichts davon gesagt hatte. Beides zusammen beraubte die Welt ihrer Schönheit.

»Du ziehst ja vielleicht ein Gesicht!«, sagte sie.

»Nicht jeder hat das Glück, einen Verband zu tragen.«

»Was ist passiert?«

»Das kommt darauf an, aus welchem Blickwinkel man es betrachtet.«

»Ach ja? Und aus Alice' Blickwinkel, wie sieht es von da aus?«

»Sie dürfte heil davonkommen …«

Jetzt fuhren sie mitten durch die Pampa. Saholy wandte ihm kurz das Gesicht zu.

»Warum schaust du mich so an?«

»Warum hast du mir nichts gesagt?«, fragte er wie eine Hyäne.

»Wovon redest du?«

Unmöglich zu sagen, was da gerade in ihrem Kopf vor sich ging.

»Levasseur hat mit seinem Cousin Blanckaert Sexorgien veranstaltet«, sagte Mc Cash. »Eine davon wurde gefilmt, ein paar Tage vor Weihnachten.« Das Auto fuhr jetzt sichtlich langsamer. »Ich habe dich gesehen«, sagte er, »mit einer jungen Frau …«

»Na und? Ich steh auf Mösen, ist dir das noch nicht aufgefallen?«

»Ich auch«, konterte er, »das ist kein Grund, Beihilfe zum Mord zu leisten.«

Die Eichen bogen sich unter dem düsteren Himmel. Saholy legte mitten auf der Straße eine Vollbremsung hin.

»Ich habe nichts damit zu tun«, zischte sie ihn aus ihrem Verbandskokon heraus an.

»Barbara Ledu diente als Informantin in Finanzdingen«, fuhr Mc Cash fort. »War es nicht ihre Möse, die du auf dem Foto gefressen hast?«

Saholy machte ein angewidertes Gesicht, ein Ausdruck, den sie sich schon als Kind in Madagaskar zugelegt hatte.

»Was willst du damit andeuten? Dass ich, bloß weil ich privat mit Frauen schlafe, eine Nutte bin, die nur dazu taugt, gerupft zu werden?«

Schwarze Flammen schossen aus ihren Schießscharten.

»Nein«, antwortete der Einäugige, »aber du schläfst mit Männern, die in einen Mordfall verwickelt sind, und sagst mir nichts davon.«

»Du hast von einem Blanckaert gesprochen, nicht von einem Levasseur«, erwiderte sie zornig.

»Und das soll ein Argument sein!«

»Was ich mit meinem Körper mache, geht niemanden etwas an.«

»Hat man dich seinem Cousin Alain etwa nicht vorgestellt?«

»Nein«, sagte sie und schüttelte ihre Mähne. »So läuft das nicht.«

»Kennst du ein paar der Leute, mit denen du fickst, vielleicht trotzdem beim Namen? Oder haben die alle Schwanznamen?«

Da sich von hinten ein Wagen näherte, parkte Saholy den Clio auf einem Forstweg. Der Sturkopf ließ nicht locker.

»Ist das Barbara Ledu, die Frau, die mit dir auf dem Foto zu sehen ist?«

»Machst du mir jetzt auch noch eine Eifersuchtsszene oder was?«

»Ach, hör doch auf!«

»Ja, das war ihre Möse, ja! Unter anderem. Meine Güte!«, regte sie sich auf, »was glaubst du eigentlich? Dass wir uns alles erzählen, nur weil wir miteinander geschlafen haben? Wo kommst du denn her, Romeo?! Ich kenne deinen Blanckaert nicht, auch wenn ich vielleicht mit ihm geschlafen habe, und Barbara kenne ich nur aus dem Bett, klar? Ich habe auch mit ihrer Schwester geschlafen, wenn du's wissen willst, und mit deiner eigenen, wenn sie dagewesen wäre. Was geht's dich an?«

Ein Eichhörnchen kletterte auf die Eiche nebenan, als würde es von einer Meute Frettchen gejagt.

»Barbara hat euch an die alte Sainte-Perse verkauft«, sagte Mc Cash.

»Was hat die jetzt damit zu tun?«

»Ein Gemetzel hat sie veranstaltet. Sie war die Auftraggeberin. Und Barbara ihre Komplizin.«

»Barbara hat mir nie etwas von ihren Abmachungen mit der alten Sainte-Perse, wie du sie nennst, erzählt. Scheiße aber auch«, regte sie sich auf. »Wie hätt ich denn da draufkommen sollen?«

Es nieselte auf die Windschutzscheibe. Saholy hatte den Motor abgeschaltet und warf ihm im Geiste alle möglichen Kieselsteine an den Kopf.

Er schüttelte sein altes Gerippe:

»Weiß Ledu Bescheid, dass seine Frau mit dem halben Kanton ins Bett steigt?«

Sie zuckte mit den Schultern.

»Keine Ahnung, ich denke nicht … Anders, als du glaubst, sind die Teilnehmer sorgfältig ausgewählt, auch aufgrund ihrer Fähigkeit, Diskretion zu wahren. Es handelt sich hier um einvernehmlichen Sex, um Mikado: nicht um ein Gemetzel.«

Hier konnte man es sehen, klar und deutlich: Sie wurde immer japanischer …

»Jaja. Wenn ich dich recht verstanden habe, wusstest du überhaupt nichts über Alain Blanckaert.«

»Nein.«

»Und über Levasseur?«

»Seine Freundinnen sind mir lieber.«

Das kam wenigstens von Herzen.

Da sein Auge ganz entsetzlich zu jucken anfing, glaubte er ihr einfach.

In dem Moment zog Saholy einen Revolver aus der Tasche.

»Nimm … Ich brauch ihn nicht mehr.«

Der Lauf des .38er glänzte schwach unter dem blassen Himmel.

»Ich auch nicht«, sagte er.

Mc Cash korrigierte den Sitz seiner Augenbinde, um sich nicht kratzen zu müssen, trank einen Schluck Wasser aus einer Flasche, die im Auto herumlag, und bat sie, ihn bei der Gendarmerie rauszulassen.

Sie hatte schon verstanden.

»Was wirst du Ledu erzählen?«

»Das kommt ganz drauf an, ob du an meiner Seite marschierst oder nicht«, sagte er.

»Warum sagst du nicht einfach die Wahrheit?«

»Ledu würde mich sofort in Polizeigewahrsam nehmen. Das kann ich nicht riskieren …«

Er schüttelte langsam mit gerunzelter Stirn den Kopf.

»Warum nicht?«, fragte sie.

Aber er antwortete nicht: Er hatte die Augen geschlossen. Sie legte ihm die Hand auf die Schulter.

»Dein Auge tut dir weh, stimmt's?«

Mc Cash atmete tief ein, Dunst und Regen. Schlug die Augen wieder auf … Bald würde er gar nichts mehr sehen.

»Fahr mich hin«, sagte er.

*

»SIE MÜSSEN SCHON zugeben, dass das etwas merkwürdig ist!«, plusterte Ledu sich auf. »Erst gehen Sie beim Kinderheim vorbei, wollen dort Le Guillou sprechen, und am nächsten Tag wird er tot in seiner Scheune aufgefunden.«

»Mörder gehen da in der Regel etwas diskreter vor«, gab Mc Cash zu. »Ich hatte eigentlich eine Blaskapelle gemietet, aber die Deppen sind nicht gekommen.«

»Das ändert nichts daran, dass er umgebracht wurde.«

In der Ecke des Büros stand der Plastik-Weihnachtsbaum und blinkte vor sich hin. Ansonsten war es derselbe Geruch nach Kopierer und Aftershave wie in jedem x-beliebigen Großraumbüro.

»Man hat versucht, sie zu verwischen, aber in der Scheune wurden Kampfspuren gefunden«, fuhr der Gendarmeriechef fort. Er deutete auf seine bandagierte Hand. »Ihre Erklärung, wie Sie zu Ihrer Verwundung kamen, ist nicht stichhaltig. Seit wann verrichten Sie Gartenarbeit, Mc Cash?«

»Schon seit dem zartesten Kindesalter. Getöpfert habe ich auch, aber das habe ich aufgegeben.«

»Dürften wir uns die berühmte Baumhippe mal anschauen?«

»Sie ist ein bisschen sperrig, deshalb habe ich sie zu Hause gelassen«, antwortete er. »Ich möchte Ihnen nur gleich mitteilen, dass ich sie gereinigt habe, für den Fall, dass Sie herausfinden wollten, ob Le Guillou damit umgebracht wurde, bevor er Selbstmord beging.«

Wenn er sich recht entsann, gab es eine Baumhippe im Schuppen seiner Hütte … Ledu glaubte ihm nicht.

»Laut der Autopsie ist der Leiter des Kinderheims in etwa zu der Zeit ums Leben gekommen, als Sie ihn im Heim aufsuchen wollten.«

»Ich dachte, ich wäre ein Perverser?«

»Das eine schließt das andere ja nicht aus. Wo sind Sie in den letzten Tagen gewesen?«

»Zwischen den Brüsten einer Frau, meistens.«

»Ach ja?«

»Riesige Dinger.«

»Ich kann Ihnen nur raten, mit dem Theater aufzuhören, Mc Cash. Ganz egal, ob Sie nun ehemaliger Polizeibeamter sind oder nicht, Sie sollten in der Gegend bleiben – und sind genau in dem Augenblick verschwunden, als Le Guillou starb. Und das ist nicht alles ... Ich habe Ihnen mehrere Nachrichten hinterlassen, ohne eine Antwort zu bekommen. Sie werden mir jetzt also ganz schnell verraten, wo Sie gewesen sind, bevor ich Sie in Polizeigewahrsam nehme.«

»In den Bergen«, gestand der Einäugige. »Im Jura-Gebirge. Ich hatte dringende Angelegenheiten zu regeln.«

»So dringend, dass Sie unserer Aufforderung, sich den Behörden zur Verfügung zu halten, nicht folgen konnten?«, japste Ledu. »Darf man erfahren, um was es sich handelt?«

»Um persönliche Angelegenheiten.«

»Welcher Art?«

»Persönlicher Art.«

»Das ist keine Entschuldigung dafür, nicht ans Telefon zu gehen.«

»Die Hütte ist sehr abgelegen. Das Handy hatte dort keinen Empfang.«

»Und Sie sind mit Ihrer verletzten Hand Ski gefahren?«

Das war jetzt keine Frage mehr, nicht ernst gemeint.

»Wir waren nicht zum Skifahren dort«, antwortete Mc Cash.

»Genau«, erwiderte der Gendarm ironisch, »ich weiß, dass Sie eine große Vorliebe für das Fell vorm

Kamin haben.« Er zwirbelte seinen Schnurrbart, als wollte er ihn reinigen. »Ich gehe mal davon aus, dass die fragliche Dame das bestätigen kann?«

»Ja«, sagte er. »Wobei, über das Simulieren wird ja so einiges erzählt …«

Ihre Blicke kreuzten sich. Selbst die Stille war erfüllt von der Lust, dem anderen eine zu watschen.

»Wissen Sie wenigstens, wen Sie bei sich hatten?«, fragte der Adjutant.

»Saholy«, antwortete der Einäugige. »Das ist ihr hübscher kleiner Name.«

»Die Sozialhelferin?«

Der Gendarm zeigte seine Überraschung ganz unverhohlen. »Saholy Debetz«, sagte er und kritzelte etwas in sein Heft. »Gut, das werden wir überprüfen. Aber das ist keine gültige Erklärung. Und jetzt zur kleinen Alice«, sagte er und ließ ihn dabei nicht aus den Augen. »Sie kennen sie, nicht wahr?«

»Ich habe sie zum Heim begleitet«, antwortete der Einäugige. »Sie hatte nach ihrem Aufenthalt dort ein paar Sachen liegen lassen. Der Leiter war offensichtlich unterrichtet.«

»Was wir nicht überprüfen können, schließlich ist er tot.«

»Was kann ich dafür?«

»Wissen Sie, dass die Kleine vermisst gemeldet wurde? Ihre Pflegefamilie wurde bestialisch ermordet und ihr Haus in Teilen abgefackelt. Die Feuerwehr kam gerade noch rechtzeitig, aber es gab mehrere Leichen im Haus, nur Alice fehlte, war unauffindbar … Sie sind die letzte Person, die sie lebend gesehen hat«, erklärte er. »Ich nehme Sie jetzt in Polizeigewahrsam, es sei denn, Sie erzählen mir alles, was Sie wissen.«

Das ging absolut über seine Kräfte.

»Es war noch eine dritte Person im Jura mit dabei«, gestand er.

»Ach ja?«

»Alice.«

Ledu, der bisher in seinem Sessel versunken war, beugte sich vor und rammte seine Ellbogen ins Löschpapier.

»Na also … Und was machte es mit Ihnen im Jura, dieses vermisst gemeldete Kind?«

Mc Cash hatte ein scharlachrotes Auge.

»Sie ist meine Tochter«, sagte er.

Diese Antwort brachte den Adjutanten vollkommen aus dem Konzept. Das passte überhaupt nicht zu dem, was er sich zusammengereimt hatte.

»Ich habe erst beim Tod ihrer Mutter von ihrer Existenz erfahren«, fuhr Mc Cash fort. »Alice weiß noch nichts davon. Sie hält mich für tot. Ich habe die Sozialarbeiterin, die sich um sie gekümmert hat, um Hilfe gebeten, und die Plabennecs waren einverstanden, uns ein paar Tage gemeinsam in Urlaub fahren zu lassen, um zu sehen, ob das funktionierte zwischen uns …«

Ledu kam einen Moment lang nicht ganz mit – er sah ihn wieder am Schulausgang vor sich, als sie ihn in den Tannen überrascht hatten, und hatte noch seine ausweichenden Antworten im Ohr.

»Alice hatte ihre Skisachen im Heim vergessen«, fuhr Mc Cash fort. »Wir holten sie, bevor wir ins Jura fuhren. Als wir bei den Plabennecs waren, ging es ihnen prächtig …«

Die zeitlichen Angaben passten.

»Warum haben Sie mir das nicht gleich gesagt?«, empörte sich Ledu, entwaffnet.

»Weil ich krank bin und bald sterben werde.«

Ein Kältehauch wehte durch das Büro des Polizeibeamten. Tatsächlich sah der Einäugige nicht so aus, als ob es ihm besonders gut ginge … Aber er log.

»Versuchen Sie nicht, mich für dumm zu verkaufen, Mc Cash: Ich habe ein halbes Dutzend Leichen am Hals und das Gefühl, dass da jemand vor mir aufgeräumt hat … Wir haben einen Mann aus dem Meu gezogen, und zwar in nächster Nähe von Le Guillous Haus: einen gewissen Borowitsch, einen ehemaligen Militär, der bei den Europol-Behörden als Killer bekannt war oder auch als Handlanger im Dienste verschiedener Mafia-Organisationen … Wir haben im Büro des Heimleiters Papiere gefunden. Ist Ihnen darüber nichts bekannt?«

»Wie denn?«

»Das Mädchen, das wir aus dem Meu gefischt haben, ist ohne jeden Zweifel Opfer dieser Machenschaften geworden, denn wir haben ihre Fingerabdrücke bei Le Guillou gefunden. Wir wissen nicht, wie sich das alles abgespielt hat, aber dieser Mann, besagter Borowitsch, und vielleicht auch die beiden anderen Männer, die bei dem Ehepaar Plabennec gefunden wurden, sind von ein und derselben Person getötet worden … Von Ihnen.«

Dem Einäugigen wurde schummrig vor Augen.

»Ich habe Le Guillou nicht umgebracht.«

»Die Sache hat nur einen Haken«, fuhr Ledu fort. »Ein Zeuge hat am Tag seines Todes Ihr Auto in der Nähe seines Hauses stehen sehen.«

Scheiße.

»Welcher Zeuge?«

»Ein Bauer aus der Gegend.«

Ledus Geste war ausweichend, aber sein Blick messerscharf.

»Möge er in seiner Gülle ersaufen.«

Da klopfte es an der Bürotür. Einer der Grünschnäbel streckte sein Käppi und seine Akne durch den Türspalt:

»Chef, bei der Sainte-Perse hat es Krach gegeben. Und es gibt auch … also, na ja … Ich glaube, es ist besser, Sie kommen mal …«

Marguerite an ihre Heizung gefesselt, ihr Ehemann im Nebenzimmer, Selbstmord, die Fotos in Endlosschleife auf dem Computer, seine kleine Bombe mit Zeitzünder ging gerade rechtzeitig hoch …

*

DER ALTE HUND, der sich den Garten zum Domizil erwählt hatte, lag wartend unter dem verwahrlosten Birnbaum, als Motorenlärm ihn die Ohren spitzen ließ. Er erhob sich, als er das Auto sah, hätte fast schon gebellt, kam aber in Anbetracht seines Alters wieder von der Idee ab.

Mc Cash parkte den BMW im Dreck, schlug die Autotür zu und lief im Zickzack über die hervorstehenden Steine, wobei er der ekligen schwarzen Hundeschnauze, die seine Laufschuhe ankläffte, auszuweichen versuchte. Dicker Rauch quoll aus dem Schornstein. Da sah er den Clio auf dem Weg und das Licht im Innern des Hauses.

Die Sozialarbeiterin erwartete ihn auf dem Sofa, wie eine Sphinx saß sie mit verbundener Nase vor dem Feuer.

»Was machst du hier?«

Im Kamin knisterten ein paar Holzscheite, aber Saholys Blick verhieß nichts Gutes.

»Ich habe auf dich gewartet«, sagte sie.

»Ach ja? Um mir was zu sagen? Dass es dir leidtut, dass du mich an der Nase herumgeführt hast?«

»Hör auf mit dem Theater: Was ist mit deinem Auge?«, lautete ihre prompte Antwort.

Mc Cash seufzte, es stach ihn im Auge, als steckte es voller Splitter.

»Nichts«, sagte er. »Ich bin müde.«

»Du bist vor allem krank. Wie lange hast du dich schon nicht mehr um deine Augenprothese gekümmert?«

»Lass gut sein, ja?«

Anflehen würde er sie nicht.

»Nein.«

Saholy war leicht geschminkt, aber ihr Gesichtsausdruck war ebenso hart und unerschütterlich wie bei ihrer ersten Begegnung.

»Warum verweigerst du dich einer Behandlung? Du meine Güte!«, sagte sie im Tonfall einer Atheistin, die die Nase voll davon hat, gegen alte Glaubensvorstellungen anzukämpfen. »Wofür bestrafst du dich?«

Sein letzter Streit mit Angélique ging ihm durch den Kopf, als sie sich auf ihn geworfen und ihm die Augenbinde, die tabu war, heruntergerissen hatte; er sah wieder ihre Angst und die Faust, mit der er seiner Frau die Nase gebrochen hatte, seine eigene Frau, wie ein zerbrochenes Spielzeug zwischen seinen Händen, und all die Blutstränen, die wie tote Kinder herunterkullerten. Mc Cash war weiß wie ein Gespenst.

»Und was hat Alice in dem Ganzen verloren? Denkst du da manchmal drüber nach?«

»Worüber?«

»Glaubst du, ich weiß nicht Bescheid?«, brüllte sie, während sie sich fragte, ob er sie für eine Idiotin hielt. »Glaubst du, ich weiß nicht, dass sie deine Tochter ist?« In ihren schwarzen Augen funkelte die Wut wie Sterne.

»Woher weißt du das alles?«

»Das weiß ich seit dem Tag, an dem du bei mir

aufgekreuzt bist, mein kleiner Süßer«, sagte sie. »Bevor Carole starb, hat sie mir gestanden, dass der Vater von Alice nicht tot ist. Dass er nach jüngstem Kenntnisstand Bulle in Brest war und über nichts Bescheid weiß. Du hast ihren Brief bekommen, nicht wahr? Carole wusste nicht, wie sie es Alice sagen sollte, aber sie hatte die unerschütterliche Hoffnung, dass du sie eines Tages suchen würdest. Nur bist du die Sache ziemlich bescheuert angegangen.«

»Ich gebe mir Mühe.«

Aber sein Gesicht zitterte.

»Also, was ist?«

Sein ganzer Körper wurde von einer eisigen Welle erfasst.

»Ich kann nicht«, sagte er leiser als zuvor.

»Es ist zu spät«, erwiderte Saholy, »Alice weiß Bescheid.«

Mc Cash hob den Blick von den hypnotisch-blauen Flammen des Kamins.

»Ich hab es ihr gar nicht sagen müssen«, fuhr Saholy fort. »Alice ist ganz von allein draufgekommen, und ich gestehe, dass ich nicht den Mut hatte, sie anzulügen.«

Sein rotes Auge schickte SOS-Botschaften.

»Wie denn das?«

»Was glaubst du wohl, was ich den Plabennecs gesagt habe, damit sie Alice mit mir fahren lassen?«, blaffte Saholy. »Als ich ihnen sagte, der Papa von Alice sei wieder da, waren sie sofort bereit, mit mir zu kooperieren. Wie vereinbart, haben sie Alice nichts gesagt, aber sie haben mit den Mördern gesprochen … Sie hat wahrscheinlich mitgehört.«

Mc Cash war am Boden zerstört.

»Ich stelle dich vor vollendete Tatsachen. Aber so ist es«, fuhr sie fort. »Carole hat bei einem Notar alles geregelt für den Fall, dass du einen Vaterschaftsnachweis beantragen wolltest. Wenn du willst, gehen wir gemeinsam ins Labor. Im Kühlschrank habe ich gefrorenes Sperma von dir.«

Die Kondome. Ihre sogenannte Liebesnacht …

»Also«, bohrte sie weiter, »nimmst du sie zu dir?«

Ihre Worte waren wie ein Biss in den Nacken: Mc Cash konnte nicht antworten, nicht jetzt, nicht mit dieser Bestie im Genick. Denn die Hündin war wieder da, wilder als je zuvor, und forderte ein, was ihr zustand: Er musste ums Überleben kämpfen.

»Wir sehen morgen weiter«, sagte er ganz leise. »Jetzt ist es unmöglich.«

Saholy merkte, dass er kaum noch reden konnte. Sie streichelte seine glühend heiße Hand, dann ging sie zur Tür ins Nebenzimmer.

Alice wartete in der Küche, sie saß an einem Resopaltisch. Es war kalt, sie hatte ihre geliebte Jacke angelassen. Dann hatte der Aufruhr in ihrem Herzen seine guten Gründe: Er war ihr Vater …

Mc Cash hatte Nadeln in seiner leeren Augenhöhle stecken, aber Alice' große Augen lächelten wie grüne Monde.

»Ich habe ein kleines Geschenk für dich«, sagte sie und zog ein Päckchen aus ihrer Tasche. Es war nicht schwer. Sie schob es ihm in die Hände: »Na los, mach es auf!«

Es war eine CD: Joe Strummer & the Mescaleros. Das Album, das er aufgezeichnet hatte, als sein Herz ihn im Stich ließ, ihn und sein verfluchtes linkes Bein ... Joe ... Der Einäugige bedankte sich mit ein paar gemurmelten Worten, und da er sich nicht länger zusammenreißen konnte, legte er sich aufs Sofa.

Das Knistern des Feuers, der Holzgeruch – alles war weg. Er steckte seinen kranken Kopf unter die Weste und bewegte sich keinen Zoll mehr.

Da flüsterte Saholy Alice etwas ins Ohr, und sie tat so, als habe sie verstanden – nur wusste sie nicht, was sie zu ihm sagen sollte, bevor sie ihn allein ließ: Dass sie im Heim auf ihn warten würde? Unter dem Birnbaum, im Garten? Wie ein Wölfling schlich sie auf Samtpfoten zu dem schäbigen alten Sofa, auf dem ihr Vater zusammengekrümmt lag und mit den Zähnen knirschte.

Im Kamin fiel ein Holzscheit in sich zusammen. Saholy wartete in der Eingangshalle, während der alte Hund seine Schnauze durch die Türöffnung streckte. Er war auch damit einverstanden, in sein Leben zu treten ... Da beugte sich Alice zu dem Einäugigen vor und küsste die Hand, mit der er sich den kranken Kopf hielt.

»Ich liebe dich, Papa.«

Sie roch nach Feuer.

»Ich weiß«, murmelte er.

Unter seiner Jacke vergraben, stöhnte Mc Cash stumm – Joe Strummers linkes Bein stieß ihm heftig in die Seite, damit er endlich aufstand …